Nicolas

Trépanier

À Nicolas
bon siège du
château ! Martel
nov. 04

Le château
d'Amitié

Julie Martel

MÉDIASPAUL

Médiaspaul est bénéficiaire des programmes d'aide à l'édition du Conseil des Arts du Canada et de la Société de développement des entreprises culturelles du Québec (SODEC).

Données de catalogage avant publication (Canada)

Martel, Julie, 1973-

    Le château d'Amitié

    (Jeunesse-pop; 126)

    ISBN 2-89420-121-4

    I. Titre. II. Collection: Collection Jeunesse-pop; 126.

PS8576.A762C42 1998   jC843'.54   C98-940332-7
PS9576.A762C42 1998
PZ23.M37Ch 1998

Composition et mise en page: *Médiaspaul*

Illustration de la couverture: *Charles Vinh*

ISBN 2-89420-121-4

Dépôt légal — 2ᵉ trimestre 1998
Bibliothèque nationale du Québec
Bibliothèque nationale du Canada

© 1998   Médiaspaul
            3965, boul. Henri-Bourassa Est
            Montréal, QC, H1H 1L1 (Canada)

*Pour Isabelle,
parce qu'il n'y a rien de plus précieux
que l'amitié.*

Prologue

Ville-Royale

Le ciel était lourd de nuages, les arbres dénudés tranchaient comme des griffes sur le fond gris. Au milieu de Ville-Royale, construit au sommet d'une colline escarpée, le château de Creuse-Vallée offrait presque un paysage en noir et blanc par ce matin d'hiver. Ses murs laiteux, sculptés de figures animales et végétales, se reflétaient dans les eaux immobiles de l'étang qui l'entourait. Toutes les fenêtres étaient fermées, isolant l'intérieur du reste du monde. Ondulant dans le vent, seuls le pavillon bleu des princes de Creuse-Vallée et celui du royaume d'Eghantik, une tour blanche et or sur fond rouge, apportaient un peu de couleur et de mouvement à la scène pétrifiée.

Même Ville-Royale semblait déserte, ce jour-là. Une vague de froid s'était abattue sur les environs et fouettait impitoyablement ceux qui se hasardaient dans les rues. La température n'avait toutefois pu empêcher la princesse

Szenia de sortir du château. Arrivée la veille au soir avec la Grande Prêtresse Aza, le conseiller Etecles, ainsi que la princesse Zeli de Creuse-Vallée, la jeune fille avait dû céder à la fatigue de ses dix jours de voyage et se coucher après un bain chaud. Mais dès le matin, le besoin de se promener à nouveau dans sa ville natale s'était fait trop pressant pour qu'elle y résiste.

Il y avait un peu plus de trois ans que Szenia n'était revenue à Ville-Royale. Pour la protéger de son oncle le sorcier Esfald, sa tutrice Aza l'avait cachée dans un autre monde, l'Univers. Il avait fallu trois longues années avant que quelqu'un ne vienne la chercher là-bas — et ça n'avait pas été dame Aza. Esfald avait réussi à lui voler la puissante Crystale, un bâton de magie surmonté d'une grosse pierre verte translucide. Il s'en était vite rendu maître pour tenter de capturer une deuxième fois sa nièce, héritière du pays qu'il cherchait à conquérir.

Szenia ne contrôlait pas son Talent de magicienne depuis longtemps, mais c'était tout de même à elle que la Crystale appartenait, maintenant. Lors de la quête qui l'avait menée dans la forteresse de son oncle, puis au temple du dieu créateur où elle avait réussi à sauver la vie d'Aza, la jeune fille avait démontré qu'elle possédait un Talent extraordinaire. Même le Magicien-Roi Paktri-Raa, celui qui avait jadis façonné tous les objets magiques, en avait convenu. Un jour, ses nombreux dons lui permettraient de repousser le dieu du mal, on le lui répétait depuis son enfance... Avant, la princesse en avait le frisson quand elle s'attardait à trop y réfléchir. À présent, elle était déterminée à se venger de son oncle. Ses aventures lui avaient donné foi en ses capacités.

C'était à cela qu'elle pensait, au pied de la Grande Côte menant au château de Ville-Royale. Au Bien, au Mal et au Destin qui poussait les gens dans des directions qu'autrement ils n'auraient jamais empruntées... D'aussi loin qu'elle se souvenait, Szenia s'était toujours retrouvée au bas de la Grande Côte pour réfléchir à ces choses. Un monument avait été construit là, treize ans auparavant, à la mémoire du massacre qui avait eu lieu devant l'auberge du Gai Ménestrel.

Deux fauteurs de troubles, envoyés par le sorcier Esfald, avaient réussi à monter la population de la ville contre ses princes en lançant la rumeur que tous les hommes valides seraient expédiés au champ de bataille avant la fin de l'hiver. Ils avaient en outre annoncé que de nouvelles taxes seraient levées pour défrayer les coûts de la guerre entre les royaumes d'Eghantik et de Mô. Celle-ci n'était alors commencée que depuis deux ans, les gens de Ville-Royale se trouvaient trop loin de la frontière pour en avoir déjà souffert. Par contre,

9

les pluies diluviennes de l'été, suivies des vents violents de l'automne avaient mené toute la région du Kadave à la famine. Personne ne pourrait payer quoi que ce soit au prince de Creuse-Vallée qui gouvernait à Ville-Royale... Les deux traîtres avaient exhorté les gens à la révolte, les menant vers les portes du château.

Nul doute que les gardes les auraient repoussés sans mal, une fois là, et que chacun s'en serait retourné chez soi sans autre méfait. Mais le malheur avait voulu qu'Altrabir de Creuse-Vallée et ses amis reviennent à ce moment d'une partie de chasse et débouchent au milieu de la manifestation. Puisque les rumeurs étaient sans fondement et que les princes n'en avaient pas même entendu le premier mot, ils ne s'étaient pas méfiés du rassemblement.

Szenia était alors trop jeune pour s'en souvenir clairement, mais elle se rappelait les larmes d'Aza quand sa nouvelle tutrice était venue lui annoncer la mort de ses parents. Le prince royal Marcoï avait été tué au cours de la mêlée tandis que Melixia, son épouse savaniane et mère de Szenia, avait succombé à ses blessures quelques heures plus tard. Avant que le soleil ne se couche, ce même jour, le prince Altrabir de Creuse-Vallée avait fait arrêter les deux hommes d'Esfald et les avait fait pendre aux portes du château sans autre forme de procès. Dans sa colère, il avait à peine pris le temps de démentir les rumeurs... Mais le peuple avait compris. Pour témoigner de leur repentir, les habitants de Ville-Royale avaient érigé un monument à la mémoire du massacre. Il s'agissait d'une belle statue représentant une jeune femme agenouillée, un poignard planté dans le cœur, les traits du visage bouleversés. À ses pieds, des épées gisaient brisées parmi les pierres. On avait souvent dit à Szenia que l'on pouvait reconnaître sa mère dans cette œuvre d'art.

La jeune fille n'avait pas hérité de la douceur de Melixia; au contraire, aussi brune que son père, elle avait en plus un caractère semblable. Comme lui, elle ne pardonnait guère: par la faute d'Esfald, ses parents étaient morts; par sa faute encore, elle avait perdu l'affection de sa tutrice et l'amitié d'un garçon. Lors du premier affrontement entre le sorcier et la jeune fille, celle-ci s'était enfuie, incapable de mener à bien sa tâche malgré sa haine. Une deuxième occasion viendrait bientôt. Et cette fois, elle trouverait le courage de se venger. Elle y avait songé pendant tout le voyage vers Ville-Royale.

— Szenia?

La princesse Zeli, emmitouflée dans une cape de fourrure, descendait en hâte la Grande Côte. S'arrêtant près de Szenia, elle la dévisagea avec curiosité et parut percevoir les pensées troublées qui agitaient son esprit. Les deux princesses avaient appris à se connaître, entre le temple d'Occus et Ville-Royale; elles n'avaient eu qu'elles-mêmes pour se distraire. Uralyn disparu, Aza si craintive à présent qu'elle se gardait de toute marque d'affection à l'endroit de sa pupille, et Oleri de La Pierre parti jouer les ambassadeurs de la Grande Prêtresse au château d'Amitié, seule Zeli avait offert un peu de compagnie à la jeune magicienne.

Elles n'avaient pas eu le temps de développer un lien comparable à la douce complicité qui avait existé entre Szenia et Catherine, son amie de l'Univers. Elles n'avaient pas, non plus, partagé quoi que ce soit d'aussi passionnant que ces moments passés à discuter de tout avec Uralyn, quand leur recherche du traître ne monopolisait pas leurs journées. La princesse de Creuse-Vallée ne possédait ni le charme du garçon, ni la simplicité de Catherine. Mais pour un début d'amitié, cela n'avait pas été si mal. Et peut-être qu'à la longue, Zeli cesserait enfin de ne voir en elle que l'Élue d'Occus, pour apprécier davantage ses qualités et ses défauts ordinaires...

— Aza est réveillée, annonça Zeli, aussi excitée qu'une gamine, les joues rougies par le vent du matin. Je crois même qu'elle se trouve déjà dans le salon de mon père; ils vont t'attendre avant de commencer...

Szenia hocha la tête. S'étant levée avant les autres, elle avait pu s'offrir une escapade dans la ville. Maintenant, il lui fallait retourner au château pour affronter Altrabir de Creuse-Vallée. De son appui à l'héritière du royaume dépendait celui des autres princes d'Eghantik. Et malheureusement, le dirigeant de Ville-Royale ne paraissait pas disposé à la laisser diriger les armées du roi, Élue d'Occus ou pas. Pour le convaincre de lui faire confiance, la jeune fille aurait une dure lutte de personnalités à mener.

* * *

La Grande Prêtresse se tenait près de la fenêtre, une boisson fumante entre les mains, tournant presque le dos à la porte du salon. Son bâton de crystale rose était appuyé contre une chaise, à quelques pas d'elle — Szenia, déconcertée, constatait chaque jour à quel point Aza se détachait de la magie. Elle avait pourtant été la magicienne la plus puissante d'Eghantik, quelques années plus tôt. Avant que sa pupille ne découvre toute l'ampleur de son propre Talent, en fait.

De l'autre côté de la pièce, le conseiller Etecles admirait quant à lui les magnifiques épées ouvragées suspendues à un mur, au-dessus d'un jeu de Rois. Il arborait une expression sereine et détendue. La jeune fille ne lui accorda pas plus d'un regard. En entrant, toute son attention se tourna immédiatement vers le dirigeant de Ville-Royale.

Altrabir, le prince de Creuse-Vallée, avait toujours intimidé Szenia, aujourd'hui plus encore que jadis. Bien que costaud, comme tous les hommes de sa famille, ce n'était pas sa stature qui frappait surtout. On le disait bon et juste, tendre avec ses proches, et la jeune fille avait pu le constater de ses yeux quand elle habitait sous son toit. Cependant, l'expression de son visage n'en laissait rien deviner, de prime abord. Les mâchoires crispées et la moue amère derrière sa grosse barbe, ses sourcils élégants toujours froncés, Altrabir paraissait plutôt dur et inflexible. Szenia aurait parié que, même dans son sommeil, sa physionomie ne s'adoucissait pas.

Le prince sourit, pourtant, quand la jeune fille entra dans son salon personnel, et lui fit signe de venir se réchauffer à ses côtés, près du feu. Il parut même sur le point de s'enquérir d'elle, de ses années passées loin de Ville-Royale, avant d'aborder le sujet qui les réunissait tous. Mais Aza n'était pas femme à tolérer les conversations mondaines en temps de guerre.

— Maintenant que nous sommes tous ici, Altrabir, nous direz-vous enfin si vous avez décidé de choisir le même parti que le roi Ogor?

Ou bien irez-vous contre sa décision en favorisant un autre chef pour les armées royales?

Quelle façon maladroite de solliciter l'appui du prince! songea Szenia. À son avis, seuls des arguments solides viendraient à bout de la réticence d'Altrabir à envoyer une femme à la guerre, pas de bêtes tests de loyauté... Mais Aza avait vécu de nombreuses années à Ville-Royale, à côtoyer le prince de Creuse-Vallée. Peut-être savait-elle mieux que la jeune magicienne comment obtenir de lui ce qu'elle voulait. La Grande Prêtresse possédait un don inné pour les intrigues et la manipulation.

— Votre fille a sûrement eu le temps de vous confier la haute opinion qu'elle a de la princesse Szenia, renchérit Etecles, avec un sourire en direction de Zeli.

Un sourire que la princesse ne lui rendit pas. Malgré son amitié pour l'héritière du royaume, la fille unique du prince Altrabir savait très bien où se trouvait son allégeance, en ce matin à Ville-Royale. La veille, elle avait expliqué à son père ce qu'elle pensait des projets de la Grande Prêtresse et du roi Ogor. Elle avait fait de son mieux pour le convaincre, Szenia le savait. Maintenant, quelle que fut la décision du prince de Creuse-Vallée, Zeli mettrait de côté sa propre opinion pour appuyer son père. Une attitude fort noble, qui devait remplir Altrabir de fierté. Égoïstement, Szenia aurait tout de même aimé que sa nouvelle amie oublie les convenances et prenne ouvertement position en sa faveur.

— Est-ce trop demander que de vouloir discuter avec la princesse avant de prendre une décision? demanda Altrabir d'une voix lente et grave.

Le prince posa sa main sur la crystale rose et plate qu'il portait en pendentif. Szenia perçut en un éclair son regret inavoué de n'avoir pas eu suffisamment de Talent pour devenir un vrai magicien. Cela n'avait pas dû être facile pour ce brillant esprit, premier en tout ce qu'il entreprenait, d'évoluer aux côtés du puissant prince royal Marcoï. Puis de se trouver confronté à sa fille, encore presque une enfant et pourtant, déjà une magicienne plus puissante que son père. Les paroles qu'il lui adressa portaient ce fardeau et lui lançaient un défi caché:

— Parlerons-nous des Légendes, Szenia? Peut-être qu'en réfléchissant sur le passé, nous trouverons mieux la conduite à adopter pour le présent?

Altrabir avait lu toutes les versions connues de toutes les Légendes. Szenia doutait qu'il y eut quelqu'un dans le monde — à part sans doute le Magicien-Roi Paktri-Raa — qui puisse en discourir aussi intelligemment que lui. Encore une fois, elle attrapa au vol des images échappées de son esprit et comprit quel piège il lui tendait.

Bien sûr, il orienterait la discussion vers la belle reine Arjana. Une fois veuve, elle avait failli déclencher une guerre civile et pousser son fils dans les bras du Mal, à force de trop désirer le pouvoir absolu. Szenia vit qu'Altrabir songeait aussi à Cess, cette princesse qui s'était mêlée de guerre pour l'amour de son cousin. Elle y avait finalement joué un rôle si tristement célèbre qu'on pensait encore à elle lorsque l'on voyageait dans les Monts de la Trahison. Szenia ne se laisserait pas entraîner vers ces pentes glissantes. Fébrilement, elle chercha dans sa mémoire d'autres exemples à évoquer pour se défendre...

L'un des hommes de confiance du prince de Creuse-Vallée entra à cet instant dans le salon, sans frapper. Visiblement nerveux, il fit quelques pas dans la pièce avant de s'incliner devant Altrabir. Sans saluer les dames présentes, faisant fi de l'étiquette eghane, sans même attendre qu'on l'invite à parler, l'homme débita d'un traite la nouvelle dont il était porteur:

— Un messager vient d'arriver d'As-sur, mon prince, envoyé par le chevalier de La Pierre. Le château d'Amitié est tombé aux mains d'Esfald, le prince Oldemar est retenu prisonnier dans ses propres cachots. L'ennemi est entré en Eghantik!

Carte d'Afford

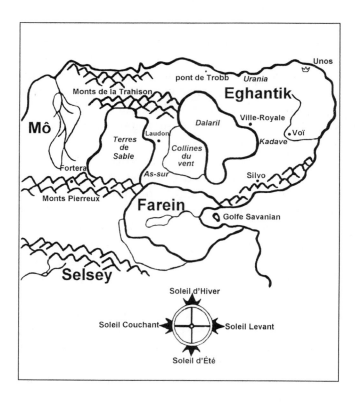

1

La guerre en hiver

La guerre ne ressemblait en rien à ce que Szenia avait imaginé. Depuis quinze longs jours, elle chevauchait à un train d'enfer vers Laudon, dans la région d'As-sur, en compagnie d'Altrabir de Creuse-Vallée. À la tête d'une petite armée.

La façon dont le prince avait changé d'idée à son sujet l'étonnait encore. Le messager envoyé par Oleri de La Pierre avait renversé la balance: contre toute attente et sans se faire prier, Altrabir s'était déclaré d'accord avec le Conseil des Princes qui visait à mettre les armées du roi sous le commandement de la princesse héritière Szenia-Itana d'Eghantik. Une seule phrase, brisant le silence consterné qui s'était abattu sur ses invités, avait résumé sa pensée:

— Fort bien, si la guerre doit se passer ainsi. Princesse Szenia, nous reprendrons ensemble le château d'Amitié et nous y tiendrons le Conseil des Princes au printemps.

Au printemps. Cette décision intervertissait les opinions de chacun. Maintenant, c'étaient Aza et Etecles qui éprouvaient des réticences à placer Szenia au milieu d'une telle guerre. Elle aussi, d'ailleurs, commençait à regretter ses choix. On n'allait quand même pas assiéger un château en plein hiver, avec un contingent d'au plus deux mille guerriers! Pourtant, en cinq jours, Altrabir de Creuse-Vallée avait relevé le défi de réunir les hommes du Kadave, les armes, les montures et les vivres nécessaires... Beaucoup auraient jugé cet exploit impossible. Se fixer comme objectif de reprendre des mains de l'ennemi la principale forteresse de l'As-sur avant le printemps relevait également de la folie. Le prince semblait toutefois avoir une idée très précise de la façon d'utiliser les soixante jours qui restaient encore à la saison froide pour y réussir. Et Szenia tentait de percevoir toutes les subtilités de sa stratégie à mesure qu'il la lui décrivait. Ce n'était pas facile, montée sur un coursier et cinglée toute la journée par les vents froids des plaines. Cela s'avérait encore plus difficile le soir, dans le confort relatif du campement, quand ses paupières se fermaient d'elles-mêmes après un bon repas chaud.

Chaque matin, avant l'aube, Szenia éprouvait un peu plus de difficulté à s'extirper du sommeil pour remonter en selle. Même sa quête à travers les Monts Pierreux, pourtant physiquement éprouvante, ne l'avait pas fait autant souffrir que ces longs jours en selle; depuis son séjour dans l'Univers, ses muscles avaient perdu l'habitude des chevauchées interminables. Deux choses seulement fouettaient encore sa volonté et poussaient la jeune fille à continuer. Le regard qu'Altrabir lui jetait quand elle sortait de sa tente, d'abord. Le trouver déjà prêt à partir, la mine égale, le dos bien droit et l'esprit alerte l'influençait le plus. Le sourire courageux de la princesse Zeli faisait le reste. Celle-ci aurait pu rester à Ville-Royale, comme toutes les femmes en temps de guerre. Au contraire, elle avait suivi l'armée malgré la désapprobation évidente de son père, sachant peut-être qu'à la fin, son soutien deviendrait essentiel au moral de son amie. Elles se parlaient à peine — le prince monopolisait toute l'attention de son apprentie. Mais un coup d'œil, une mimique d'encouragement, cela suffisait à relancer la motivation de Szenia pour le siège du château d'Amitié — sinon son enthousiasme. Jamais la jeune fille n'aurait pensé qu'un jour la guerre contre son oncle se résumerait à trouver la force d'avancer dans le blizzard encore une heure, puis une autre...

La température s'était un peu radoucie, vers la fin du voyage. Le blizzard avait enfin cessé, mais pour rapidement faire place à du grésil et de la pluie verglaçante. Les arbres s'étaient parés de leur gaine de cristal et Szenia s'enchantait des miroitements que le soleil allumait dans les boisés. Cette beauté la distrayait de l'humidité qui s'infiltrait jusqu'aux os et rendait le voyage d'autant plus pénible... Mais après deux jours de cette mauvaise température, sa résistance flancha. Ce soir-là, la jeune fille gagna, dans un état lamentable, la tente qu'elle partageait avec Zeli et la Grande Prêtresse. Toute la journée, le prince Altrabir lui avait répété combien elle le décevait, pour finalement conclure qu'elle ne serait jamais un stratège digne de ce nom. Szenia se sentait si démoralisée qu'elle en aurait pleuré. Son amie, déjà installée sous les couvertures, comprit tout de suite en la voyant qu'elle touchait le fond du baril.

— Szenia, tu exiges trop de toi-même. Tu es si fatiguée que tu tomberas malade avant d'atteindre Laudon!

— Je ne peux pas me ménager, soupira la jeune princesse. Ton père ne me laisse aucun instant de répit! On dirait qu'il essaie de me faire craquer...

Zeli sourit malicieusement et fit signe à Szenia de s'approcher. Elle l'aida à retirer sa veste mouillée et à dénouer sa longue chevelure pleine de glaçons.

— Mon père est comme ça, expliqua-t-elle. Il te poussera à bout juste pour voir jusqu'où tu peux aller sans céder. C'est la façon dont il jauge les gens sous ses ordres.

— C'est cruel! Il me donne l'impression que je ne vaux rien, Zeli! Chaque soir, je me couche en me disant que je devrais tout laisser tomber. Alrabir serait heureux de reprendre seul le château d'Amitié. Moi, je ne suis qu'un symbole qu'on trimballe, et je me demande pourquoi, d'ailleurs!

L'expression de Zeli changea complètement. Elle planta son regard sévère dans celui de Szenia.

— Tu ne peux pas laisser tomber cette bataille, la gronda-t-elle. Bien sûr que tu es un symbole: tu es l'Élue d'Occus! Tu représentes le Bien et c'est ce qui rend les guerriers courageux. Parce qu'ils croient en toi, parce qu'ils croient que le créateur guide tes pas, ils te suivront n'importe où. Tu n'as pas le droit de montrer moins de foi qu'eux, ni de faire l'enfant capricieuse!

Szenia baissa la tête, honteuse. Les paroles de Zeli lui rappelaient durement quelle place elle occupait, dans cette guerre. Pour son amie, c'était là le meilleur moyen de lui remonter le moral et de lui redonner courage. Mais Szenia, elle, aurait de loin préféré des paroles plus douces. Ces grands discours vantant la gloire de la guerre et le rôle héroïque des chefs, elle y avait droit chaque jour. En cela, la princesse de Creuse-Vallée était bien la fille de son père.

— Mon père ne parviendra jamais à te briser, poursuivit Zeli, les yeux brillants d'exaltation. Tu es faite de l'étoffe dont on tire les héros de légendes, et il le sait.

— Parfois, je suis bien fatiguée de cette étoffe-là...

— Tu dis cela parce que la journée t'a épuisée, la rassura Zeli. Ça ira mieux demain.

À ce moment, la Grande Prêtresse pénétra à son tour dans la tente. Les deux filles lui souhaitèrent poliment une bonne nuit avant de s'enrouler dans leurs couvertures. Ni l'une ni l'autre n'avait envie d'entendre le compte-rendu quotidien de sa réunion avec Altrabir de Creuse-Vallée.

Le lendemain, à l'aube, la chevauchée dans les collines reprit de plus belle. Et dès le midi, le soleil reparut timidement entre les nuages. La température était tombée de plusieurs degrés, le vent avait recommencé à fouetter les cavaliers mais, au moins, plus rien ne tombait du ciel.

— Nous nous arrêterons plus tôt, aujourd'hui, annonça Altrabir quand le soleil se coucha.

Le prince n'avait presque pas adressé la parole à Szenia de la journée. Elle s'était donc isolée dans un demi-sommeil réparateur, penchée sur son coursier et recroquevillée pour lutter contre le froid, incapable de penser à quoi que ce soit. Elle n'entendit pas ses paroles, mais elle perçut sa présence à ses côtés et releva la tête.

Altrabir de Creuse-Vallée n'était pas complètement invulnérable, en définitive. Son regard trahissait enfin sa fatigue. Des glaçons s'étaient formés dans sa barbe et sa chevelure, son manteau et son capuchon étaient raidis par le froid; il avait l'air d'un monstre du Pays des Glaces.

— Nous sortons des Collines du Vent, Laudon se trouve à moins d'une demi-journée d'ici, du côté du Couchant, poursuivit-il, et cette fois, Szenia l'entendit bien. Nous enverrons des éclaireurs et laisserons aux hommes le temps de se reposer.

— Tout le monde appréciera, je crois, soupira Szenia.

Le prince la dévisagea un moment, avant de stopper sa monture.

— À partir de demain matin, Szenia, tous les hommes seront sous tes ordres. J'avertirai mes généraux dès ce soir que je ne suis plus qu'un conseiller.

Un long frisson courut dans le dos de la jeune fille à cette nouvelle. Ce n'était pas tout à fait ainsi qu'elle avait compris les plans d'Altrabir...

— Dors bien, Szenia.

★ ★ ★

La région d'As-sur constituait la bordure du royaume d'Eghantik, du côté du Couchant. Sa capitale, la ville de Laudon, se trouvait nichée contre l'un des derniers replis de terrain du pays. Une fois à l'extérieur des Collines du vent, la température se faisait beaucoup plus douce — en fait, avec l'influence des Terres de Sables toutes proches, l'hiver devenait presque inexistant. C'était la première visite de Szenia en As-sur; enlevant sa lourde veste de laine, elle comprit pourquoi Altrabir de Creuse-Vallée n'avait pas jugé bon d'attendre le printemps à Ville-Royale pour assiéger le château d'Amitié.

La forteresse, une haute structure brune dressée non loin de la ville, avait fière allure. Lors des anciennes guerres, on avait déboisé toute la colline sur laquelle elle s'élevait. Depuis, des arbustes y avaient repoussé et les princes avaient fait du monticule une sorte de jardin sauvage — encore élégant malgré le passage des Moïs, les envahisseurs venus de Mô au service d'Esfald. Mais si le château gardait toujours le même air immuable, la ville de Laudon, elle, parlait de l'horreur de sa conquête. Complètement déserte, quelques bâtisses seulement y restaient encore debout. À peu près tout avait été brûlé ou, chose plus étonnante, littéralement réduit en miettes. Szenia ne connaissait rien qui puisse écraser ainsi des maisons de pierre.

La magie aurait fourni la puissance nécessaire, bien sûr, mais personne n'avait le droit de s'en servir comme d'une arme. Les magiciens ne pouvaient l'utiliser à des fins aussi violentes que la destruction d'une ville, l'éthique des Grands Commandements l'interdisait. Cependant, à voir l'état actuel de ce qui avait été une ville prospère, Szenia ne doutait pas que la science des crystales ait été utilisée pour vaincre Laudon. Cette pensée ne la faisait plus sourciller comme auparavant. Tout au plus ressentait-elle un pincement d'anxiété à l'idée d'avoir à modifier la stratégie d'Altrabir de Creuse-Vallée pour y inclure un deuxième sorcier. Heureusement qu'Esfald lui-même se trouvait encore dans sa capitale, à Fortera — du moins s'il fallait en croire les espions de la Grande Prêtresse — à plusieurs jours de voyage de l'As-sur. La jeune magicienne n'aurait pas voulu affronter deux sorciers à la fois, en plus des guerriers ennemis.

Le coursier du prince s'arrêta près de celui de Szenia, et Altrabir contempla en silence le château d'Amitié. Le soleil du matin éclairait sa façade d'un pâle éclat doré; pour la première fois depuis le départ de Ville-Royale, le ciel s'était nettoyé de tous ses nuages. Quand viendrait l'heure du repas, il ferait peut-être même assez doux pour qu'on dîne à l'extérieur. Mais nul dans le campement qui s'organisait rapidement ne devait songer à manger.

Szenia aurait voulu exclure de son champ de vision tout ce qui n'était pas le hérault eghan, s'avançant vers la haute porte close du château. Elle essaya de concentrer son attention sur les notes nasillardes de la trompe, appelant les chefs ennemis à parlementer avec les assiégeants. Elle ne parvint toutefois pas à détacher son regard des trois cadavres qui pendaient, encadrant la grande porte close.

Szenia se trouvait trop loin pour distinguer les visages des morts. La Crystale aurait pu le lui permettre — la jeune fille ne le désirait pas. Il s'agissait de magiciens, sans doute ceux que le prince d'Amitié logeait à sa cour. Ils avaient péri d'une façon atroce, empalés d'abord à leur bâton de magie avant d'être précipités du haut des murailles, la corde au cou. Des charognards tournoyaient au-dessus des corps pour s'en repaître avec des cris lugubres. De toute l'histoire d'Eghantik, jamais on n'avait ainsi manqué de respect à ceux qui maîtrisaient le Talent. Pas même avant l'époque des Grands Commandements, quand le peuple et les puissants les craignaient tous autant, jusqu'à les exiler. Comble d'ironie: ces trois hommes auraient certainement eu le pouvoir de se défendre, mais on leur avait inculqué depuis l'enfance que leur puissance ne devait pas tuer...

— Ivann de Laudon et Sivel d'Amitié, cousins du prince Oldemar. Des magiciens talentueux que j'estimais beaucoup, murmura Altrabir. J'avais entendu parler du troisième, le jeunot, mais son nom m'échappe.

Bien sûr, le prince de Creuse-Vallée devait connaître tous les magiciens du royaume. Chacun d'eux passait à Ville-Royale au moins une fois dans sa vie, pour fouiller dans la riche bibliothèque du château. Les dons d'empathie de Szenia lui permettaient de percevoir la rage d'Altrabir — la rage d'un magicien, même mineur, devant le traitement réservé à ses confrères. C'était facile à identifier, elle ressentait la même colère outrée pour l'armée d'Esfald. Un autre grief à l'endroit de son oncle.

— Aza dirait que les routes tracées par le dieu Occus semblent parfois cruelles, fit-elle sans y croire, sachant qu'aucune parole ne réconforterait le prince.

Il ne répliqua rien. Un vieil homme venait d'apparaître en haut des murailles du château pour parlementer. Grand et encore robuste, une houppe de cheveux blancs bien droite au-dessus de son crâne, le guerrier était déjà entré dans la légende. Même Szenia savait de qui il s'agissait.

— Pandission, ce vieux bandit. Il ne se donnera pas la peine de nous envoyer son hérault.

Chaque famille royale comptait ses anges déchus; Pandission était à la fois le cousin de l'ancienne reine de Mô, Menodone, et d'Esfald lui-même, par sa mère. Lorsqu'Esfald avait décidé de conquérir le pays voisin, il avait trouvé en son parent un allié empressé et servile. C'était lui qui s'était chargé du meurtre de la reine Menodone. Tout le monde en Eghantik avait tellement parlé de ce traître, depuis dix-sept ans, que son portrait s'était en quelque sorte gravé dans l'imagination de la jeune princesse; sans jamais l'avoir rencontré, elle connaissait son sourire mauvais et ses lèvres tordues par une cicatrice mal refermée.

— Il ne négociera pas. Le siège sera pénible, prédit Altrabir, morose.

— Je ne vous rendrai pas votre prince en dentelles! hurla Pandission, en réponse au hérault eghan. Il m'amuse, avec ses pleurs de bambin. Et ne croyez pas reprendre ce petit château facilement... Altrabir, vieux fou! je t'observe depuis deux jours. Je devine ta stratégie et, crois-moi, de belles surprises t'attendent!

— Idiot inculte et sans cervelle, grommela Altrabir en tournant bride. Tu ne connais rien aux stratégies militaires, comment pourrais-tu me deviner?

Szenia ne le suivit pas immédiatement vers les grandes tentes. Elle tourna à nouveau son regard vers le château. Les ennemis avaient disparu, en haut des murs, et le jeune hérault revenait d'un pas lourd vers le campement, la trompe en bandoulière et l'air de quelqu'un qui a perdu la foi. Combien de guerriers du Kadave voyaient maintenant le siège du château d'Amitié avec le même découragement que ce tout jeune homme? Combien s'étaient laissés abattre en apprenant l'identité du chef ennemi et doutaient à présent de la réussite du siège? Zeli aurait dit qu'il revenait à l'Élue d'Occus de leur redonner confiance... Mais Szenia elle-même cherchait, dans sa haine pour le sorcier Esfald, le courage d'y croire encore.

2

Le siège

Le soleil se levait à peine, mais la bataille était déjà bien engagée entre les Eghans et les Moïs. Suivant les conseils d'Altrabir, Szenia avait ordonné qu'une première offensive soit menée contre le château sans tarder; dès le surlendemain de leur arrivée à Laudon, les hommes de Ville-Royale passèrent à l'attaque. Le prince n'espérait pas vraiment une victoire et son apprentie ne se faisait pas plus d'illusions que lui: si la forteresse tombait maintenant, tant mieux, mais ils prévoyaient depuis longtemps gagner en assiégeant le château plutôt qu'en le prenant d'assaut. Comme Altrabir l'avait dit, cette attaque serait tout au plus une façon de mesurer les forces de défenses adverses.

On avait souvent décrit à Szenia comment se faisait la guerre. À présent qu'elle s'y trouvait, la jeune fille constatait que tout se déroulait en accordance avec les récits. Les cris, à moitié étouffés, et les ordres, à moitié compris; le son des piques qui s'enfonçaient dans le sol, les hurlements d'agonie des hommes et des bêtes blessés; les flèches qui volaient en tous sens et la pression de l'armée qui tassait les guerriers de plus en plus près des murs...

Bien que montée sur un coursier et protégée par une bonne garde, la princesse sentait le mouvement ininterrompu de l'armée, autour d'elle. Au-dessus de sa tête, les murs du château lui paraissaient écrasants. Elle ne distinguait que cela: la barrière sombre formée par le mur d'enceinte, la grande porte double bardée de métal et les hommes sur les remparts, tels des points noirs sur le fond du ciel qui s'illuminait peu à peu. Elle devinait plus qu'elle ne le voyait vraiment le combat des guerriers de son propre camp.

La première vague, celle des fantassins, commençait à dresser de longues échelles contre les murs pour y grimper. Couvrant leurs compagnons exposés, les archers tiraient vers l'ennemi des flèches qui, plus souvent qu'autrement, n'atteignaient rien d'autre que la pierre du château. Là-haut, au-dessus des têtes et des boucliers, les Moïs avaient préparé des marmites d'huile enflammée et en déversaient maintenant le contenu sur leurs attaquants. En proie à une fascination morbide, Szenia suivit des yeux la coulée de lumière qui striait les murs du château et elle resta figée lorsqu'elle vit les corps prendre feu avec des cris inhumains, quand l'âcre odeur de brûlé assaillit ses narines, portée par la brise.

Si la jeune fille avait assisté à la bataille de loin, comme Aza et Etecles l'avaient exigé, ces détails auraient perdu de leur horreur. En outre, chacune des scènes lui serait apparue plus clairement. Elle aurait été en mesure de voir la progression des hommes vers les remparts et les assauts du bélier contre la porte close. Au contraire, la princesse avait insisté pour participer à la bataille. Elle avait revêtu une lourde armure et s'était hissée sur son coursier, elle avait levé bien haut sa petite épée d'apparat pour donner le signal du départ, au milieu de la nuit. Le courage avait coulé dans ses veines comme de la lave quand les guerriers lui avaient répondu d'un seul mouvement, avec enthousiasme. Ce matin, l'euphorie de la bataille la grisait encore, malgré sa fatigue. Elle se sentait de l'énergie à revendre quand elle voyait les hommes redoubler de vigueur en entendant son cri de guerre, pourtant fort simple:

— Pour l'Eghantik! hurlait-elle régulièrement. Et pour le Bien!

De sa position, elle entendait donc les *boum*... *boum*... du bélier contre la porte sans rien voir de ce qui se passait au bas du mur. Quand un grand mouvement de recul anima les Eghans, ni la princesse Szenia, ni le prince de Creuse-Vallée ou les hommes qui les entouraient ne devinèrent ce qui se passait. Ils écarquillèrent les yeux de surprise en voyant des tonnes de roches tomber des remparts.

Les murs du château ont commencé à s'effriter sous l'effet des vibrations, songea tout de suite Szenia, emplie d'espoir. *Le siège ne durera plus longtemps!*

Mais elle se trompait. La rumeur courut jusqu'à eux à une vitesse surprenante: les Moïs venaient volontairement de bloquer la porte dérobée d'où étaient sortis plusieurs guerriers-suicide. Bientôt, le noyau de l'armée eghane eut trop à faire pour s'étonner des tactiques ennemies.

Les guerriers moïs qui les attaquaient maintenant semblaient être des géants. Armés de haches, ils se frayèrent un passage au milieu des Eghans jusqu'à parvenir face à face avec le cercle de gardes de la princesse. Manifestement, leur seul but était de se rendre là et d'abattre le chef ennemi. Mission suicidaire s'il en était: ils ne pouvaient ignorer qu'alors, toute l'armée eghane fondrait sur eux et que jamais ils n'auraient regagné vivants le château d'Amitié... Même si leurs comparses moïs leur avaient laissé une issue pour regagner la cour intérieure.

Leur attaque surprise, d'une violence inouïe, faillit réussir. Un instant, Szenia se trouvait presque en sécurité, hypnotisée par le ballet sauvage des flèches enflammées auquel les coups de bélier donnaient un rythme monotone. L'instant suivant, sa monture s'écroulait sous elle dans un hennissement tragique et la jeune fille se retrouvait face à un fou furieux à moitié nu. Elle n'eut pas le temps de ressentir la peur. Elle flottait dans un état qui rendait la peur irréelle, tel le souvenir d'un rêve. Les images se succédaient au ralenti devant ses yeux. Les cheveux crépus du guerrier; la lueur hagarde dans ses yeux noirs; la sueur et la saleté qui collaient les poils de son torse à sa peau; la hache au double tranchant, ornée de plumes jaunes, prête à retomber sur sa tête...

Une expression de douleur et d'incrédulité déforma les traits du guerrier. Il bascula par-dessus Szenia et vint s'empaler sur la petite épée que, d'instinct, la jeune fille avait relevée pour se protéger. Un jeune Eghan se tenait derrière, tout fier d'avoir sauvé la vie de la princesse héritière. L'attaque moïse avait échoué à tuer les deux têtes dirigeantes de l'armée. Le prince Altrabir souffrait en serrant les dents, ses doigts tout poisseux pressant une vilaine blessure au ventre. Mais une fois au campement, la magie le soignerait et il pourrait rapidement reprendre la guerre. Par contre, l'ennemi avait réussi à gagner du temps. Les Eghans battirent en retraite, renonçant à prendre le château ce matin-là.

* * *

— Combien de morts? demanda Szenia dès que l'armée fut de retour au campement.

— Une centaine, tout au plus, lui apprit l'un des généraux.

— Au moins, commenta Altrabir, nous connaissons maintenant la force de nos adversaires. La prochaine fois...

— La prochaine fois?!

Szenia dévisagea Altrabir pendant que la Grande Prêtresse lui prodiguait les premiers soins. Comment pouvait-il suggérer qu'il y ait une prochaine fois semblable à celle-ci? L'armée eghane avait procédé à un test et en connaissait le résultat. Pourquoi perdre des hommes inutilement alors qu'il suffisait d'attendre pour vaincre? Un jour, les provisions des Moïs s'épuiseraient et l'ennemi se rendrait de lui-même!

— La stratégie est faite autrement, lui rappela patiemment le prince. Souviens-toi, Szenia. Nous avions convenu de harceler les Moïs, pour les rendre nerveux et précipiter leur reddition...

La jeune fille avait acquiescé à tous les plans d'Altrabir pendant leur voyage vers l'As-sur; elle n'avait pas osé protester, tellement il paraissait sûr de ce qu'il disait. Mais alors, elle n'avait pas encore vécu la guerre. Elle n'avait jamais vu les hommes mourir autour d'elle en hurlant. À présent, elle percevait la stratégie autrement.

— Les harceler, oui, mais pas les prendre d'assaut chaque nuit! répondit-elle dans un souffle. Pas question de poursuivre cette folie.

Les généraux se dévisagèrent nerveusement. Ils n'aimaient pas être témoins de ce différend, mais n'osaient quitter la tente du prince sans en avoir reçu l'ordre. Normalement, il revenait au chef de les commander... Mais Szenia avait oublié leur présence. Ce fut donc Altrabir qui les renvoya d'un geste impatient, attendant que le pan de tissu se referme derrière eux pour se tourner sévèrement vers son apprentie.

— On n'a pas idée de se comporter ainsi devant des hommes que l'on commande! lui reprocha-t-il. Un chef doit être imperturbable. Il ne doit pas hésiter, ne pas se montrer faible. Sinon, comment pourra-t-il insuffler le moindre courage à ses guerriers? Jamais ils ne croiront qu'il sait ce qu'il fait et ce qu'il adviendra de la bataille.

— Non. Je ne ferai croire à personne que j'avais prévu la mort de leurs compagnons et que cela est une bonne chose, que cela fait partie de la «stratégie». Parce que si c'est comme ça, il va falloir que la stratégie change et devienne efficace!

Szenia n'attendit pas que le prince réplique quoi que ce soit. Elle quitta la tente dans un cliquetis de métal, retira sa petite épée encore tachée de sang et l'abandonna devant la porte, dans la boue. Elle retourna chez elle d'un pas rageur — vite rattrapée par Zeli.

— Szenia... Je suis là, si tu veux quelqu'un pour te réconforter, proposa-t-elle en s'approchant.

Zeli devait croire, comme les autres, que la jeune princesse avait subi pendant la bataille un grave choc émotif. Pleine de sollicitude, elle s'offrait comme confidente et, peut-être, comme conseillère... Nul doute qu'elle lui servirait à nouveau ces grandes envolées lyriques où l'Élue d'Occus se devait d'être un symbole de courage, ignorant les sensibleries propres aux gens ordinaires. Mais Szenia en avait assez de ce discours. Elle comprit tout à coup que leur amitié ne se développerait jamais davantage. Pendant leur chevauchée entre Silvo et Ville-Royale, la princesse de Creuse-Vallée avait imaginé une héritière d'Eghantik brave et, surtout, guerrière. Une héroïne qui n'avait rien à envier aux héros des Légendes. Zeli n'accepterait pas que l'Élue d'Occus soit moins que cela. Un jour ou l'autre, Szenia finirait par décevoir son amie. Elle la repoussa gentiment et se réfugia dans sa tente pour penser. Toute seule.

3

Le retour du chevalier

Le siège s'avéra une catastrophe. Trente-cinq jours passèrent et les occupants du château d'Amitié ne parurent jamais en souffrir. Restée à table dans sa tente, alors que tous les autres avaient déjà terminé leur repas, Szenia se demandait combien de sièges dans l'histoire du monde avaient ainsi tourné au ridicule.

Ce jour-là, un soleil éclatant avait nargué la saison jusqu'au soir. La boue couvrant le sol commençait même à sécher et de minuscules fleurs blanches qui poussaient en une nuit envahissaient toutes les touffes d'herbe. Sur les murailles, malgré le vent qui se levait, les Moïs s'attardaient pour profiter du redoux avec de grands éclats de rires qui convenaient bien peu à la situation. Plus surprenant encore: même coupés du reste du monde et sans ravitaillement, les guerriers ennemis paraissaient plus vigoureux que l'armée de Ville-Royale. À croire qu'ils n'avaient pas à rationner leurs provisions, eux!

Il n'y avait rien d'autre à faire qu'attendre — et Altrabir de Creuse-Vallée avait prévenu Szenia qu'un siège pouvait durer des années, si le château était bien organisé.

— Mais le château d'Amitié est censé être facile à prendre, grommela la jeune fille. Les autres guerres l'ont prouvé!

C'était du moins ce qu'avait prétendu le prince, au début du siège. La faiblesse du château résidait en l'absence de source d'eau à l'intérieur de ses murs, disait-il. Une fois les réserves épuisées et les guerriers affamés, les Moïs auraient dû se rendre sans condition. Depuis quelques jours, il paraissait toutefois avoir changé d'avis. Et à mesure qu'Altrabir se rembrunissait, la Grande Prêtresse regagnait du mordant pour critiquer toute sa stratégie:

— Espérer reprendre le château d'Amitié avant le printemps relevait de la folie, de toute façon. Je le disais déjà à Ville-Royale.

— Le prince de Creuse-Vallée devait avoir de bonnes raisons d'y croire s'il s'est engagé dans ce siège, la contredit le conseiller Etecles. Pour qu'il accepte en plus de prendre Szenia sous son aile...

— Au contraire, le coupa Aza. Je connais bien Altrabir. Il nous a proposé le siège du château d'Amitié pour que nous le refusions. Cela lui aurait donné une raison de nous retirer son appui, au Conseil des Princes. Szenia l'a pris de court en acceptant et maintenant, il essaie de sauver la face.

Szenia observa longuement Aza et son conseiller. La toile claire de la tente laissait filtrer suffisamment de lumière, en plein jour, pour fournir un éclairage propice à la lecture. Des cartes du pays, qu'Etecles et la Grande Prêtresse étudiaient les sourcils froncés, couvraient la large table de fortune, ne laissant qu'un coin pour manger. Encore plus qu'auparavant, Aza semblait porter tout le poids de la guerre sur ses épaules.

— Je persiste à dire que ce siège est une bonne chose pour la réputation de Szenia, insista Etecles. Le roi lui-même, si nous avions pris le temps de le consulter, aurait approuvé cette initiative.

— Ce n'est pas parce qu'Ogor est roi qu'il comprend quoi que ce soit à la guerre, il fait simplement ce qu'on lui dit, expliqua Aza d'un ton sec. De plus, il se moque de Laudon et des princes d'Amitié, il est bien trop occupé à combattre en Urania! Ne vous faites pas d'illusions: même si nous reprenons le château, nous n'aurons pas rendu un si fier service au royaume d'Eghantik. Et si nous échouons, nous n'aggraverons pas la situation. Les armées ennemies sont déjà entrées si loin, au Soleil d'Hiver, que des renforts d'Assur viendraient seulement grossir leur arrière-garde.

Szenia releva la tête et dévisagea la Grande Prêtresse, incrédule. Ses paroles semblaient pleines de bon sens... Pourquoi ne s'était-elle pas livrée à cet exercice de logique *avant* de quitter Ville-Royale? La jeune fille aurait été ravie de trouver une bataille plus utile à livrer contre son oncle!

— Par ailleurs, poursuivit imperturbablement Aza, les hommes d'Esfald se trouvent bloqués ici, à cause de la Forêt Dalaril. Ses Gardiens, en empêchant tout le monde de traverser jusqu'au Kadave, forment le meilleur rempart du pays. Comprenez-moi: logiquement, la deuxième cible des Moïs serait soit Ville-Royale, soit Silvo. Mais pour y arriver, ils devraient contourner Dalaril et nous aurions tout le temps de mobiliser nos forces pour les bloquer au niveau de Farein. Il est même probable que les Savanians nous donneraient un coup de main, à présent qu'ils ont goûté à la guerre... Non, Esfald n'a aucune chance de nous envahir par l'As-sur. Notre présence ici est inutile. Je me demande encore pourquoi le roi noir a commis la folie de séparer ses forces pour anéantir Laudon!

Cette longue tirade de la Grande Prêtresse fit tomber un silence déprimant sur la tente de la princesse héritière. Quand un frottement d'étoffe annonça l'entrée d'un visiteur, Szenia se retourna vivement, espérant voir Zeli. La princesse devinait infailliblement à quel moment son amie souhaitait le plus se changer les idées. Une promenade au coucher du soleil, à ne parler que de la pluie et du beau temps, lui aurait fait le plus grand bien... Mais évidemment, au milieu d'un siège c'était inconcevable. Et d'ailleurs, ce n'était pas elle.

Celui que tout le monde connaissait sous le nom d'Oleri de La Pierre semblait s'être fait une règle d'arriver au moment où on l'attendait le moins. En l'occurence, personne dans le camp eghan n'espérait plus le revoir: envoyé en mission par la Grande Prêtresse, le chevalier s'était contenté de dépêcher un messager à Ville-Royale pour annoncer la chute de Laudon, avant de disparaître.

— Je possède la réponse à cette importante question, annonça-t-il calmement en refermant le pan de toile derrière lui.

Aza se redressa d'un bond. L'expression de son visage valait tout un discours: elle exprimait autant l'envie de reprocher son absence au chevalier de La Pierre que l'urgence d'en savoir plus au sujet d'Esfald. La Grande Prêtresse n'avait jamais oublié sa première rencontre avec Oleri, celle où il lui avait avoué entretenir des amitiés dans le camp moïs.

— Votre père se trouve en mauvaise posture, au pont de Trobb, dit-il seulement en coulant un regard désolé vers Etecles.

— Mon père?

Amusée malgré elle, Szenia remarqua la soudaine crispation d'Oleri de La Pierre. Il mettait

44

beaucoup d'efforts pour dissimuler sa véritable identité et ne commettait pas souvent d'erreur. Mais pour une fois, il avait laissé sa quasi-omniscience le trahir: peu de gens en Eghantik savaient que le conseiller Etecles était le fils illégitime du roi Ogor. Par égard pour la reine, c'était sûrement le secret royal le mieux gardé. Cependant, peu de choses au pays échappaient au demi-dieu Paktri-Raa, alias chevalier de La Pierre...

— Le roi Ogor, oui, votre père. Ne me faites pas croire que vous en avez honte? répliqua vivement Oleri de La Pierre, sans doute furieux contre lui-même.

— Pas du tout! se défendit prestement Etecles. Seulement...

— N'ayez crainte, toute la cour n'est pas au courant de cette filiation.

— Quand bien même les armées eghanes se trouveraient en mauvaise posture au pont de Trobb, intervint Aza, les ramenant tous à leur préoccupation première, quel avantage a donc Esfald d'envoyer des hommes ici?

— Quelle raison aviez-vous de m'envoyer ici, dame Aza?

Szenia se souvint que la Grande Prêtresse avait d'abord voulu charger l'un des prêtres du temple d'Occus de sa mission en As-sur. Cela avait semblé revêtir beaucoup d'importance pour Aza, mais personne n'avait voulu y aller, à part Oleri.

— Je désirais vérifier une rumeur, répondit Aza après un silence. Et pour cette mission, j'avais besoin d'un érudit.

— Je me suis bien acquitté de ma tâche, annonça Oleri. Mais si vous le permettez, je m'entretiendrai d'abord de ce sujet délicat avec le chef de l'armée.

Szenia mit un temps à comprendre qu'Oleri l'invitait à le suivre dehors. Sous le regard éberlué de son cousin et celui, outré, de la Grande Prêtresse, la jeune fille passa rapidement une cape par-dessus sa robe sombre et courut derrière le chevalier.

4

La magie sauvage

Le soleil avait presque complètement disparu à l'horizon. Des couleurs chaudes, contrastant avec le vent frais, éclaboussaient encore le paysage. Il faisait si beau que Szenia se serait crue en vacances... Sauf que le campement puait la boue piétinée, les relents de nourriture et le crottin de coursier. Et sur fond de ciel enflammé, la silhouette du château se découpait, sombre et menaçante. Les bruits de l'attaque eghane contre la forteresse résonnaient déjà en contrebas — la jeune princesse avait perdu le compte du nombre de «tests» semblables qu'ils avaient fait subir, sans succès, aux guerriers moïs. Elle s'en détourna résolument. La désinvolture avec laquelle Altrabir lui avait rappelé que, malgré son titre de chef de l'armée, elle ne connaissait rien à la guerre et dès lors devait suivre les conseils d'un vrai stratège faisait toujours battre furieusement le sang dans ses veines. Oleri la prit cependant par les épaules, tout doucement, et la força à regarder.

— Je te connais, Szenia, je sais que tu n'aimes pas cette guerre lente. Mais je veux que tu la voies jusqu'à la détester dans chaque fibre de ton être. Assez pour me suivre quand je te proposerai une façon d'en finir.

— En désobéissant aux Grands Commandements? devina Szenia.

— À moins que ton Talent imprévisible ne change ce qui a été prévu par le créateur, oui.

— Pourquoi?

— Parce que ce qui se passe ici est pire encore.

Tout bas, Oleri confia alors à Szenia quelle était cette rumeur abracadabrante qu'Aza l'avait envoyé démystifier. Il lui apprit surtout pourquoi cela influençait le siège du château d'Amitié.

Tous les magiciens n'avaient pas péri quand les Moïs s'étaient emparés de la forteresse, cela expliquait comment le château avait pu se ravitailler pendant le siège. Un seul maître de magie avait survécu, et pour cause: Velten Emmsoï était un génie, une raison suffisante pour qu'Esfald sacrifie une part de sa force d'attaque. Le vieil érudit avait passé sa vie à étudier le pouvoir des crystales. Presque tous les objets magiques façonnés jadis par le Magicien-Roi lui étaient passés entre les mains. Nul n'avait aussi bien saisi que Velten comment les pierres translucides concentraient et transformaient l'énergie magique.

— Quel grand homme ce doit être, murmura Szenia, admirative devant un tel projet de vie.

Paktri-Raa secoua la tête en entendant sa remarque, l'air mécontent.

— C'est ce que j'ai pensé aussi, quand la rumeur de ses travaux m'est parvenue. Je l'ai même aidé, en intervenant discrètement pour que certaines crystales intéressantes tombent «par hasard» entre ses mains. Je savais pourtant quels risques cela impliquait. Mais je me sentais comme un artiste, conduit par l'étrange besoin que quelqu'un perçoive toute la subtilité de mon œuvre.

Szenia n'avait jamais vu Paktri-Raa ainsi. Il devait se sentir bien coupable de s'être laissé fasciner par l'intelligence d'un magicien mortel... Il s'en mordait les doigts, maintenant, plusieurs années plus tard. Longtemps, Paktri-Raa n'avait plus eu d'échos des recherches du magicien. Les objets magiques avaient cessé d'affluer vers Laudon, le demi-dieu avait cru que Velten s'était lassé de ses travaux; de sa Tour, il s'était intéressé à d'autres événements. En réalité, la curiosité de l'érudit l'avait poussé sur les traces du père des magiciens: il s'était mis en tête d'étudier des crystales brutes. Et il avait percé leur mystère, comme il l'avait fait des crystales limpides.

— Seulement, les crystales brutes sont pleines d'impuretés, expliqua Paktri-Raa. Elles ne devraient même pas servir à catalyser l'énergie magique, elles sont trop imprévisibles! J'avais pris des dispositions pour que nul ne les approche jamais...

Au bas de la colline, les hommes du Kadave avaient commencé à dresser des échelles de bois contre les murs du château d'Amitié. Comme toutes les fois précédentes. Mais l'attaque de ce soir évoluait différemment. Aucun guerrier moïs ne s'était encore montré, au haut des murailles, pour répliquer. Aucun bruit ne sourdait à travers la pierre pour trahir la moindre riposte. Szenia détourna son attention de ce que le Magicien-Roi lui racontait, redoutant une catastrophe.

La jeune fille avait vu de ses yeux l'ennemi se gausser des Eghans toute la journée. Les Moïs ne pouvaient pas être brusquement frappés de surdité ou de paralysie, ou trop faibles pour se défendre! Quelque chose devait se préparer dans le château. Une attaque d'une puissance et d'une efficacité inouïe; sinon, jamais le vieux Pandission n'aurait laissé les assiégeants escalader les murailles si haut, presque au niveau du chemin de garde. Et la lune Skoiz qui disparaissait maintenant derrière un masque de nuages...

— Il faut rappeler nos hommes! haleta Szenia.

Paktri-Raa ne répondit pas, le regard rivé au sol. En un éclair, la jeune fille comprit pourquoi son mentor avait l'air si sombre. Le dieu créateur lui permettait de lire certaines pages du Grand Livre du Destin. Ce siège devait y être écrit en lettres de sang et le demi-dieu en connaissait certainement le dénouement. Il n'était pas revenu n'importe quand à Laudon. Il l'avait entraînée dehors pour regarder la bataille, ce soir tout spécialement, parce que cette fois serait différente des autres. Il avait choisi le spectacle qui la convaincrait le mieux.

— On ne peut pas les laisser mourir! protesta Szenia.

— On ne peut pas toujours modifier le Destin non plus.

— Je suis l'Élue. Je suis une mesure d'urgence pour permettre au Bien de vaincre le Mal. Le Destin m'accorde ce que je veux!

— Tu n'es pas le Créateur, Szenia, la gronda Paktri-Raa.

Mais ces paroles, emplies de sagesse, ne touchèrent pas la jeune fille. Quand elle était en colère, rien ne pouvait la raisonner. Depuis le premier assaut contre le château d'Amitié, elle portait une trompe de guerre au bout d'un lacet de cuir, pendue à sa ceinture. En tant que chef de l'armée, elle avait exigé de pouvoir sonner la retraite elle-même, n'importe quand. Ce caprice lui avait bien entendu valu des remontrances sévères de la part d'Altrabir de Creuse-Vallée.

Mais dès le lendemain de sa requête, un jeune guerrier lui avait donné l'instrument argenté. Ce soir, elle s'empressa de le porter à ses lèvres pour faire résonner les quatre notes qui rappelleraient les Eghans au campement.

Trop tard. Le son de sa trompe fut couvert par une clameur à donner le frisson. On aurait dit les pleurs d'un million d'enfants. Et cela gagnait en intensité, jusqu'à faire vibrer le sol comme une peau de tambour. Szenia leva des yeux effrayés vers le Magicien-Roi.

— La magie sauvage, répondit-il à sa question muette. N'importe quoi peut se produire, cela n'obéit à aucune règle.

Les marmitons, les soigneurs et les nombreux blessés qui ne se trouvaient pas au combat se précipitèrent à l'extérieur des tentes dès que le cri commença. Altrabir, Aza et Etecles ne firent que quelques pas avant de s'arrêter, bouche bée. Les deux magiciens se dévisagèrent, chacun cherchant en vain dans l'épouvante de l'autre une explication au phénomène. Zeli, quant à elle, sortit de sa tente en courant et s'accrocha au bras de Szenia, lui répétant à voix basse, comme une prière:

— Fais quelque chose. Je sais que toi, tu le peux. Fais quelque chose, s'il te plaît.

Le chaos prit la forme d'un vaste nuage, au-dessus du château d'Amitié. Un moment, le phénomène se contenta d'être là, scintillant d'une lueur dorée. Mais cela se mit rapidement en mouvement et l'attaque des Moïs se précisa: la magie sauvage avait créé une tornade qui balaya tous les guerriers sur son passage. Quand elle eut fait le tour de la forteresse cinq ou six fois, la spirale de vent changea de direction. Elle fonça droit vers le campement eghan.

Szenia aurait voulu réagir. Mais comme lorsqu'elle avait déclenché un incendie à Mityste, son esprit demeurait paralysé, incapable de se concentrer sur la Crystale. Et ses dons de télépathie la forçaient à percevoir les pensées de la Grande Prêtresse, comme un flot impossible à endiguer. Aza n'imaginait que la défaite et la mort: *Je voulais croire que ce n'était qu'une folle rumeur. Je n'ai pas agi assez vite et maintenant, nous en mourrons! On ne peut rien contre cela. Ça n'est pas censé exister, c'est indestructible! Après ce soir, Esfald se servira de la magie sauvage pour conquérir l'Eghantik. Peu importe que le roi s'en tire au pont de Trobb, ou que mon messager arrive à temps à Voï. Tout est déjà fini...*

Le Magicien-Roi avait pour sa part repris l'expression fermée du chevalier de La Pierre. Même cette catastrophe qui filait vers eux ne le pousserait pas à dévoiler son identité. Néanmoins, lorsque la jeune magicienne trouva enfin le calme pour entrer en contact avec ses crystales, elle sentit la présence du demi-dieu très forte dans son esprit.

— On ne peut pas l'arrêter à la source, n'est-ce pas? s'inquiéta Szenia.

— En sachant quelle crystale Velten utilise...
Non, impossible. Il s'agit d'une pierre brute, c'est
impossible.

Quant à créer un mur magique qui saurait
retenir la tornade, la jeune magicienne n'y pensa
pas longtemps. La seule solution envisageable
reposait sur les lois de la nature. Paktri-Raa
perçut son idée et l'approuva d'emblée. Ensemble, joignant leurs deux Talents démesurés, ils
refroidirent l'air entre la spirale de vent et eux.
À moins que le sorcier caché dans le château
d'Amitié n'alimente sa création en air chaud,
celle-ci s'essoufflerait avant de ravager le campement eghan.

Szenia et Paktri-Raa se laissèrent tomber à
genoux dans la boue. Absorbés dans le monde
magique, ils perdaient toute notion de leur corps
physique. Ils ne s'aperçurent donc pas tout de
suite qu'ils avaient réussi. Le vent ne cessa pas
— il emporta quelques tentes et divers objets
plus petits —, mais il ne s'agissait plus que d'une
vilaine tempête. Personne ne fut blessé. Les deux
magiciens se relevèrent quand le pire fut passé
et constatèrent, en même temps que les autres,
que la bataille n'était pas terminée.

— Quelle horreur! s'exclama la Grande Prêtresse. La magie ne doit pas servir la guerre! Si
jamais nous arrêtons ce sorcier, je le ferai tortu-
rer publiquement avant de le pendre, pour servir d'exemple!

Des langues de feu embrasaient maintenant le ciel sombre, formant des volutes orangées qui allaient jusqu'à lécher le sol. Et le phénomène s'avançait sur les traces de la tornade. Il n'en fallait pas plus pour que Szenia et Altrabir prennent simultanément le contrôle de la situation, donnant en même temps des ordres qui se complétaient à merveille:

— Abandonnez les bêtes et les tentes, ordonna le prince. Que tout le monde s'éloigne du château et se trouve un abri!

— Je ne repousserai pas ces attaques toute seule, grogna Szenia tandis qu'Altrabir s'occupait de ce qui restait du campement. Zeli, Etecles... Et vous aussi, bien sûr, chevalier de La Pierre... Je vais devoir agir à travers vous.

L'Élue d'Occus pouvait accomplir ce genre de choses, elle l'avait prouvé lors de sa bataille contre son oncle Esfald. Son Talent habiterait son amie et son cousin comme s'ils étaient devenus, pour un moment, des magiciens expérimentés. Ainsi, ils seraient six à lutter contre la magie sauvage du château d'Amitié. Car Szenia n'avait pas l'intention de laisser Aza et Altrabir se poser des questions d'éthique:

— Quant à vous deux, décida-t-elle sans même leur jeter un regard, je vous fais confiance pour me seconder.

— Je ferai tout en mon pouvoir. Dans les limites imposées par les Grands Commandements, bien entendu, répondit la Grande Prêtresse.

Szenia lui jeta un regard sévère et Aza détourna les yeux la première. La jeune fille eut alors la certitude que la Grande Prêtresse ne la laisserait pas tomber, peu importe où leur lutte les entraînerait. En quelques minutes, la défense aussi bien que la riposte du camp eghan furent donc prêtes. La bataille dura une bonne partie de la nuit.

Après les flammes, des murs d'air solide — émanant d'une crystale limpide, ceux-là — tentèrent d'écraser le petit groupe de magiciens. Mais tandis qu'Aza, Altrabir et Paktri-Raa les repoussaient, Szenia, Etecles et Zeli mettaient le feu aux murailles du château. Utilisant ensuite la magie pour changer son point de vue et voir le château du haut des airs, l'Élue précipita les pierres énormes soulevées par ses deux coéquipiers sur des points précis du bâtiment principal. Elle espérait ébranler suffisamment la forteresse pour déconcentrer le sorcier ennemi... Avant de détruire complètement le château d'Amitié, avec un peu de chance.

La lune rouge pâlissait déjà dans le ciel noir d'Afford quand les Eghans, vidés, vinrent à bout de la magie sauvage. Leurs crystales étaient devenues glaciales à force de canaliser l'énergie magique. Même le Magicien-Roi paraissait à bout de souffle, et ce n'était pas seulement pour sauvegarder son masque de chevalier ordinaire.

Szenia, quant à elle, ne trouvait plus la force de retenir ses larmes d'épuisement.

— Le siège est terminé, j'en ai assez de cette farce, renifla-t-elle en essuyant ses joues mouillées. Il va falloir trouver un moyen d'entrer là-dedans pour arrêter Velten. Je ne vais pas pouvoir nous défendre comme ça très souvent.

— C'est ce que je cherchais, une entrée secrète pour pénétrer dans le château, avant que votre armée n'arrive, expliqua Paktri-Raa, reprenant son rôle de chevalier-espion.

— Alors? Qu'avez-vous trouvé?

Oleri de La Pierre se tourna vers la Grande Prêtresse et lui répondit, avec un demi-sourire qui n'avait pourtant rien de joyeux:

— De vieilles histoires de famille.

5

Les ruines de Laudon

Malgré les craintes de Szenia, il n'y eut plus d'attaque magique pendant plusieurs jours. Déjà, il semblait impossible qu'un sorcier seul ait pu déployer une telle puissance sans périr d'épuisement; Velten devait se reposer en prévision de la prochaine offensive. Il n'y eut pas d'assaut de la part des guerriers moïs non plus. Pandission avait dû être sûr d'écraser les Eghans du premier coup pour omettre de préparer une autre stratégie.

Cette accalmie permit au chevalier de La Pierre de reprendre du service pour la Grande Prêtresse: dans la journée suivant leur nuit mouvementée il partit de nouveau, à la recherche d'un homme qu'il avait perdu de vue depuis des années. Selon Oleri, ce guerrier possédait des informations de première main sur le château d'Amitié. Ce fut le lendemain de son départ que Szenia reçut la visite d'un jeune paysan.

Zeli se remettait péniblement de son expérience avec la magie, elle préférait garder le lit encore un jour ou deux. Szenia s'était donc vue privée de sa compagne, mais refusait de rester à tourner en rond dans sa tente pour autant. Elle réfléchissait seule, un peu à l'écart du campement eghan, quand le garçon sortit de sa cachette. Malingre et habillé de vêtements défraîchis, trop grands pour lui, le paysan faisait peine à voir. Pourtant, il ne semblait pas en mauvaise santé et, quand il osa adresser la parole à la jeune fille, il s'exprima en langue moyenne, presque comme un page élevé à la cour d'Amitié. Mais tandis qu'il parlait, son regard ne cessait d'aller d'un côté et de l'autre, comme s'il redoutait qu'on l'aperçoive et qu'on l'attaque. Ces détails suffirent à piquer la curiosité de Szenia.

— Qui t'envoie? lui demanda-t-elle prudemment.

— Je ne peux pas le dire tout de suite, mais ce sont des gens très importants, répondit le garçon, d'une voix enfantine. Il faut que vous me suiviez, princesse.

— Comment sais-tu qui je suis? s'étonna Szenia.

— *Ils* ont entendu parler de vous. Ils vous ont décrite en me disant: «Attends qu'elle soit seule pour lui parler, les autres ne nous feront pas confiance.» Allez-vous me suivre?

Cela ressemblait beaucoup à un piège. Les Moïs envoyaient un page du prince d'Amitié, habillé de loques pour faire plus vrai, afin d'attirer Szenia loin du campement et la capturer.

L'armée eghane devrait se rendre, pour épargner la vie de son chef... À moins qu'Altrabir ne saute sur l'occasion et se débarrasse d'une femme qui se mêlait de guerre?

Non. Le prince de Creuse-Vallée ne serait jamais aussi déloyal, se corrigea tout de suite Szenia. *Et ce garçon a le regard franc, je ne sens aucune fourberie en lui.*

Tout le monde, y compris Oleri, lui aurait conseillé de refuser; au contraire, la jeune magicienne décida de se fier à son intuition.

— Est-ce que c'est loin? demanda-t-elle avant d'accepter.

— Non, juste à côté. Dans les ruines de Laudon.

La ville en ruine n'était pas bien loin du château. En quelques minutes de marche rapide, le garçon et Szenia rejoignirent la route qui avait relié Laudon et la petite forteresse et pénétrèrent dans les premières ruines. Plusieurs maisons tenaient encore debout, mais en les voyant de près, la jeune fille constata qu'elles n'avaient plus rien d'habitable. Une épaisse couche de suie recouvrait le sol autour de chaque maison. Elle s'était infiltrée dans les crevasses de la route, dans les cheminées, sous les meubles et jusqu'entre les couvertures des lits. Les traces de pas des derniers habitants de Laudon restaient imprimées partout, un témoignage par-delà la mort.

— La suie est tombée comme de la neige, expliqua le jeune paysan, voyant la curiosité de Szenia. Puis les maisons des survivants se sont toutes émiettées en deux jours. Après, il n'y a plus rien eu: tout le monde avait fui la ville ou bien était mort. Même les bêtes. Le pire, c'est que les ennemis, les guerriers moïs, on ne les a jamais vus. C'est la magie qui a tout détruit, à distance!

L'animosité contenue dans la dernière phrase du garçon sonna une alarme en Szenia: cela recommencerait-il, même en ces temps civilisés? La peur et la haine des magiciens, les livres brûlés et tout le savoir perdu...

— Et tu es venu me chercher, voyant pourtant à mon bâton que je suis magicienne? s'étonna-t-elle.

— Le chef m'a expliqué qu'il y avait des bons et des méchants dans la magie comme dans la guerre, répondit le garçon. Il dit que vous, vous êtes parmi les bons.

Si tu savais, petit! Moi aussi il m'arrive de désobéir aux Grands Commandements... Mais Szenia garda pour elle cette pensée amère et s'absorba à nouveau dans l'examen des ruines. C'était au centre de la ville qu'on trouvait le plus de tas de pierres concassées, les restes de ce qui avait été de petites maisons collées les unes aux autres et souvent même empilées jusqu'à trois de haut. Ici et là, des poutres de bois fendaient l'uniformité des piles, des bouts de tissu déchiré flottaient encore au vent et des arbres gisaient en travers de la route, fendus de haut en bas comme par la foudre. À ce qui avait été une intersection, la jeune fille se pencha tout à coup pour retirer des décombres une poupée de chiffon, amputée de tous ses membres.

— Et les morts? demanda-t-elle, la voix étranglée. Pourquoi ne reste-t-il aucun corps, ni d'homme, ni de bête?

— *Ils* les ont brûlés quand ils sont arrivés ici.

En disant cela, le paysan s'arrêta devant la structure d'une maison à moitié effondrée. Pointant du doigt, il lui montra la partie qui restait encore debout. Plissant les yeux pour percer la pénombre, Szenia distingua qu'il s'agissait du coin cuisine et qu'une trappe ouverte, au sol, l'attendait. C'était le moment d'aller confronter les «ils» et vérifier si la jeune fille avait eu raison de faire confiance à ses dons savanians.

Elle voulut remercier son petit guide, mais celui-ci s'éloignait déjà au milieu des ruines. Il s'en retournait peut-être vers ce qui avait été sa maison, à laquelle il restait attaché... La gorge nouée à l'idée du drame que la magie sauvage avait causé, Szenia abandonna les restes de la poupée sur une pierre et descendit résolument l'échelle de bois menant à la cave.

Dès qu'elle eut posé le pied sur le plancher de terre battue, dans l'obscurité la plus complète, quelqu'un l'agrippa de côté. On lui passa de force sur la tête un sac de jute sentant les fruits pourris, qu'on lui attacha fermement autour du cou. Sous le coup de la surprise, le premier réflexe de la jeune fille fut de se débattre de toutes ses forces; elle ne réussit qu'à se cogner contre l'échelle. Elle commençait à étouffer tant on la tenait serrée! Quelle idée elle avait eue de se fourrer dans un tel guet-apens. En pestant contre sa naïveté, elle se jura de sortir vivante de cette cave. Ne serait-ce que pour retrouver le petit chenapan qui l'avait si bien bernée qu'elle en avait presque pleuré sur son sort. Elle lui ferait payer sa traîtrise...

Au bord de l'asphyxie — et comprenant surtout qu'il ne lui servait à rien de donner des coups de pied dans le vide — Szenia finit par se calmer. Quand celui qui la retenait fut certain qu'elle ne se débattrait plus, il desserra son étreinte et lui permit de se tenir droite. Un rire d'homme éclata alors devant la jeune fille.

— Je me doutais que vous n'accepteriez pas cette cagoule, princesse, mais jamais je n'aurais cru que vous donneriez tant de fil à retordre à ce pauvre Elei!

— Qui êtes-vous? demanda Szenia de sa voix la plus sèche, avec une intonation hautaine copiée sur celle de la Grande Prêtresse.

À travers le tissu, elle perçut qu'on allumait des chandelles. Tendant l'oreille, elle comprit également qu'il y avait plus de deux hommes dans la cave. Les autres devaient avoir reçu pour consigne de se tenir tranquilles et de ne pas parler, mais de menus sons trahissaient leur présence: une respiration plus sifflante que les autres, des froissements de vêtements, le cuir d'une paire de bottes qui craquait, derrière la captive, un cliquetis de métal... Maintenant très calme, Szenia commença à se concentrer pour entrer en contact avec la Crystale. Mais l'homme qui avait parlé devait s'attendre à cela depuis qu'elle avait cessé de lutter; il lui arracha son bâton de magie dès que le feu glacé à l'intérieur de la pierre se mit à briller un peu plus intensément. Puis il fouilla la jeune fille et lui retira sa bague.

— Vous voilà désarmée, princesse, fit-il avec une dureté qui désavouait son ton plaisant du début.

— La magie n'est pas une arme. Pas même celle de ma bague.

Il y eut un silence après cette remarque de Szenia, vite brisé par l'exclamation incrédule de l'homme quand il porta ses yeux sur le bijou confisqué. La jeune magicienne avait volontairement attiré l'attention de son mystérieux vis-à-vis sur la pierre bleue, curieuse de la réaction qu'il aurait. Celle-ci confirma ses soupçons et lui redonna confiance. À présent, elle sentait qu'elle détenait l'avantage de la confrontation:

— Vous êtes suffisamment éduqué pour vous étonner de cette crystale bleue, sieur. Vous n'êtes donc pas un vulgaire brigand, pas plus que je ne suis une sorcière alliée à Esfald. Enlevez-moi cette cagoule ridicule et rendez-moi mes pierres magiques. Ensuite seulement nous pourrons discuter des intérêts que nous avons, sans doute, en commun.

Szenia eut un sourire amer en s'entendant parler avec une voix si autoritaire. Elle allait peut-être trop loin? Mais quand le dénommé Elei, qui ne l'avait pas lâchée, lui retira le sac de jute qui l'aveuglait, elle dut admettre que les leçons d'Altrabir de Creuse-Vallée avaient du bon.

À la lumière des chandelles, Szenia découvrit alors un spectacle insoupçonné: la cave s'avérait beaucoup plus grande que la jeune fille ne l'avait d'abord imaginée. On l'avait aménagée comme repaire permanent; des guerriers, certains encore vêtus de leur armure, se tenaient dans tous les coins, observant la visiteuse. Une cheminée, au fond, parlait de la cuisine qu'on faisait dans la cachette. Le long de tous les murs, les hamacs suspendus confirmaient que plusieurs hommes habitaient dans cette seule salle. Des armes jonchaient l'endroit ainsi que des selles, des sacs et tout le matériel nécessaire à de longues expéditions. On aurait pu croire à une mini-société, vivant en paria dans les ruines d'une ville que le reste du pays oublierait bientôt; cependant, on n'y voyait nulle femme, pas plus que d'enfant, et le seul vieillard présent était celui assis devant Szenia.

Le crâne presque chauve, les moustaches en broussaille et le dos si voûté qu'il en paraissait bossu, le vieil homme ne payait pas de mine. Il était plus vieux que tous les vieux rencontrés jusque-là par la jeune princesse, c'était à se demander comment il se faisait que des pages portaient encore son nom dans le Grand Livre du Destin. Ce n'était pas lui qui s'était adressé à Szenia, dans l'obscurité. Plutôt le guerrier debout à ses côtés. La visiteuse faillit aller à l'encontre des usages et s'adresser au plus jeune, qui paraissait détenir l'autorité dans ce repaire, quand son regard croisa celui du vieillard. Des yeux bleu ciel, bordés de longs cils élégants, qui renfermaient encore tout le feu de la jeunesse. Des yeux de roi, pleins de fierté et de droiture. Elle reconnut le Vagabond de Ville-Royale.

— Vous avez vieilli, *caïot*, murmura-t-elle pour elle-même.

Mais le vieillard entendit et un sourire gagna lentement son visage pensif. C'était bien le même qu'autrefois, un de ces rares sourires du Vagabond qui lui assurait, dans la mémoire des gens, un souvenir impérissable. Szenia n'était qu'une fillette à l'époque où l'homme, déjà vieux, hantait les rues de Ville-Royale. Une gamine qui courait avec les garçons de son âge quand la surveillance de sa tutrice se relâchait et lui permettait de se sauver du château. Elle se souvenait de son odeur, pour s'être souvent arrêtée près de lui quand elle le trouvait assis au bord de la rue. Un mélange de parfums végétaux et de senteurs animales... Il devait vivre dans le bois, même ses vêtements ternes semblaient faits pour s'y cacher.

N'importe qui, ayant son apparence, se serait vu chassé de la belle Ville-Royale. Mais pas le Vagabond. On l'invitait partout, on lui offrait à boire et à manger, sans jamais parvenir à le faire parler de son passé. La petite princesse avait essayé maintes fois, sans plus de succès que les autres. Rien n'aurait su interrompre les chansons mélancoliques et rauques qu'il fredonnait sans cesse. En ce temps-là, Szenia inventait donc des histoires où le Vagabond était un roi en exil, ou un prince chassé de son château par un rival qui enviait sa fortune et son épouse... Elle avait passé l'âge de ces contes, aujourd'hui. Et si le charme du vieillard opérait toujours sur elle, la jeune fille ne laisserait pas ses beaux yeux la détourner de ses questions.

— Qui êtes-vous? demanda-t-elle pour la deuxième fois.

— Ashteï. On me nomme «le Brave».

Il fallut quelques secondes à Szenia pour faire le lien entre cet homme, qu'elle connaissait, et les informations qu'Aza lui avait données au sujet de celui qui portait ce nom. D'abord incrédule, elle dut s'avouer que la situation n'était rien moins que logique: Esfald venait de faire une percée spectaculaire en Eghantik, il était normal qu'il trouve les rebelles sur son chemin.

— Et vous, vous devez être le Fou Blond! s'exclama-t-elle en levant les yeux vers le deuxième homme, celui qui lui avait parlé en premier.

Il sourit en posant les yeux sur elle. Szenia eut alors l'impression que cet homme venait de lui voler quelque chose, au fond d'elle-même. Il la dominait d'une bonne tête et demie, mais n'était pas de taille particulièrement haute. Il se dégageait cependant de ce guerrier une telle prestance et une telle autorité que même les rebelles plus grands que leur chef ne devaient pas hésiter à lui obéir. La jeune princesse, quant à elle, se sentit transpercée par son regard azur, pareil à celui du vieillard.

La lueur des chandelles allumait des éclats roux dans la longue chevelure bouclée du rebelle, sa vie en plein air avait doucement tanné son visage glabre. Il était beau. Et le sourire qu'il adressait à Szenia était une version ironique de celui d'Ashteï; les deux hommes possédaient le même magnétisme. Le cœur de la jeune fille fit un bond et elle devina le désarroi que ce premier amour lui réservait...

Car si la rumeur le nommait «le Fou Blond», ce n'était pas sans raison: rebelle vivant à la dure avec ses compagnons et son grand-père Ashteï, il n'avait, à part celui qu'il portait à son aïeul, aucun autre amour que son pays, aucune autre crainte que de mourir sans avoir libéré l'Eghantik de la menace qui pesait dessus. Le sorcier Esfald ne trouverait au pays aucun ennemi aussi acharné que ce guerrier, mais ni les troupes du roi Ogor ni les messagers de la Grande Prêtresse n'avaient réussi à se l'attacher. Ce n'était pas par loyauté à la couronne qu'il se battait, il avait assez souvent répété combien il méprisait le roi. Au plus s'était-il laissé convaincre par Aza de réserver ses forces pour la bataille finale. «Le Fou Blond» était et resterait toujours un guerrier vagabond. La princesse héritière Szenia-Itana d'Eghantik ne se le gagnerait pas plus que les autres.

— Je préfère qu'on m'appelle Bonnaïssion, avoua le guerrier en riant.

— J'espère que vous serez à la hauteur de ce héros dont vous portez le nom, Petit Bonnaï. Pourquoi m'avez-vous conviée ici?

— Parce que l'armée du prince Altrabir ne semble pas pouvoir reprendre seule le château d'Amitié, expliqua Ashteï. C'est le but que nous nous étions fixé aussi, avant que vous arriviez, mais nous sommes trop peu nombreux en Assur. Pour une fois, nous ferions alliance avec les guerriers du roi.

— Ce ne sont pas les guerriers du roi, mais ceux du prince de Creuse-Vallée. Et ils se trouvent sous mes ordres, ajouta fièrement Szenia.

La princesse perçut le mouvement de surprise qui traversa le repère des rebelles et attendit les ricanements qui, sans doute, fuseraient à cette nouvelle. Aucun des hommes rassemblés ne croirait qu'une jeune fille puisse être à la tête d'une armée.

Au contraire, chacun resta coi. Ashteï hocha même la tête en signe d'assentiment, comme s'il avait déjà su tout cela.

— C'est bien ce que nous avions compris, murmura Bonnaïssion, une note admirative dans la voix.

— J'ai décidé d'abandonner le siège, poursuivit rapidement Szenia. Nous ne gagnerons pas tant qu'un sorcier fera de la magie sauvage à l'intérieur du château.

Il lui en coûtait d'avouer cela. Pour la première fois, les rebelles s'offraient à grossir les rangs d'une armée. Tous les diplomates royaux avaient tenté de se les allier et elle, l'héritière du pays, de-vait décliner leur offre! C'était à mourir de rire — en écrivant le Destin de cette rencontre, le dieu créateur avait sûrement voulu se venger de toutes les incartades que l'Élue s'était permises...

— C'est là que j'interviens, insista Ashteï. Et si je vous offrais une entrée secrète pour pénétrer dans le château?

Szenia éclata d'un rire franc en entendant ces paroles. Devant l'air ahuri des hommes rassemblés, elle se contenta de dire, sans rien expliquer:

— Quelle coïncidence! Je connais quelqu'un qui vous cherche partout, en ce moment...

6

Une nouvelle stratégie

Pour la première fois depuis que Szenia les connaissait, Altrabir, Aza et Etecles partageaient le même avis.

À son retour de Laudon, bien après l'heure du repas, la jeune fille les trouva rassemblés dans sa tente, fort inquiets. La Grande Prêtresse l'interrogea la première au sujet de son absence prolongée — avec un regard courroucé qui donna à Szenia l'impression de n'être encore qu'une fillette, en retard pour le couvre-feu.

— Est-ce qu'un chef de guerre ne peut pas s'isoler afin de planifier sa stratégie? demanda-t-elle sans répondre aux questions.

Szenia commençait à être sérieusement agacée: ces trois-là ne s'attendaient jamais à autre chose qu'une étourderie de sa part!

— La stratégie est déjà planifiée, lui rappela Altrabir.

La jeune fille savait d'avance qu'il lui répliquerait cela. Et à son regard, elle comprit aussi que le prince en était conscient. Il s'était prêté à son jeu, devinant sans doute la phrase suivante de Szenia:

— J'ai abandonné vos plans de guerre, déclara-t-elle malgré tout, sachant que la suite, au moins, serait une surprise. J'ai passé la matinée avec les rebelles. Je les ai inclus dans ma nouvelle stratégie.

Elle leur rapporta alors sa rencontre avec Ashteï et Bonnaïssion — choisissant orgueilleusement de passer sous silence la cagoule — et partagea avec eux le secret du tunnel menant au château d'Amitié. Les rebelles avaient déjà eu un plan d'attaque avant de rencontrer Szenia, plan auquel ils avaient suggéré d'adjoindre l'armée de Ville-Royale. Coûte que coûte, ils auraient essayé de reprendre seuls la forteresse. Mais les hommes du Kadave, surgissant un beau soir au milieu des collines, avaient ouvert la porte à une action plus efficace. Leur nouveau plan, expliqué rapidement à Szenia au fond d'une cave, n'avait toutefois pas eu l'heur de plaire à la princesse...

— C'est pourquoi je suis restée en leur compagnie un peu plus longtemps, conclut-elle avec un sourire satisfait. Nous avons poursuivi la réflexion et je suis persuadée que notre stratégie vous ravira, Altrabir.

— On n'a pas idée de tout changer sans en parler d'abord avec ses généraux, la gronda le prince.

— Si je me souviens bien, quand vous m'avez confié le commandement de l'armée, vous vous êtes confiné à un rôle de conseiller, lui rappela Szenia. Mais je crois que, parfois, il est nuisible de se restreindre à un seul conseiller... D'autant plus que les rebelles m'offraient une occasion inespérée de reprendre le château d'Amitié, sans perdre plus d'hommes et de temps en l'assiégeant.

De l'avis de la jeune fille, ce seul argument aurait dû convaincre la Grande Prêtresse, son conseiller et le prince de Creuse-Vallée. Mais c'était oublier à quel point ils considéraient les guerriers sous leurs ordres comme des pions. Ce fut à ce moment de la discussion que Szenia vit, à sa grande stupeur, les trois adultes se ranger tous du même côté: contre elle.

— Ainsi, les rebelles ont bafoué les promesses qu'ils m'avaient faites au début de l'hiver et ils ont repris l'attaque, conclut Aza, très mécontente.

— Dans la mesure où ils se battent maintenant à l'intérieur des frontières de l'Eghantik, ils ne vont pas vraiment contre vos ordres, la contredit Etecles. Ce qui m'agace, plutôt, c'est la prise du château d'Amitié. Vous savez combien je me méfie de ces guerriers errants. Je crains qu'ils n'investissent le château que pour le garder et se retourner ensuite contre nous, contre le roi...

— Ce n'est pas exclu, l'approuva Altrabir. Il y a d'anciens bandits parmi leurs rangs. On ne changera pas leur mentalité de sitôt.

Altrabir de Creuse-Vallée était certainement un homme de beaucoup de valeur. Mais la loyauté propre aux rebelles, qui se moquaient des souverains pour vouer tout leur attachement à leur peuple, le dépassait complètement. Szenia faillit s'offusquer de l'entendre parler de ces guerriers farouches d'un ton si dédaigneux. Elle s'était prise d'admiration pour eux et se rappelait trop bien le regard lumineux de Bonnaïssion, la façon qu'il avait d'expliquer les choses avec un minimum de mots, sa voix grave...

Aza et Altrabir faisaient maintenant horreur à Szenia. Le prince de Creuse-Vallée se tenait appuyé à la table, caressant pensivement sa barbe. La Grande Prêtresse s'était assise dans une chaise légère et se massait les tempes, les yeux à demi fermés. Le conseiller Etecles, quant à lui, semblait le plus actif des trois: comptant sur ses doigts, il paraissait au milieu d'un calcul mental fort complexe. C'en était trop pour Szenia.

— L'un de vous a-t-il seulement l'intention de terminer cette guerre *un jour*? explosa-t-elle. Je me moque de ce que vous en pensez: je vais mener *mon* armée à la guerre, *moi*. Avec les rebelles, ne vous en déplaise, car eux *font* quelque chose. Et je vous défie d'essayer de m'en empêcher!

— C'est une excellente idée, l'approuva calmement Oleri de La Pierre.

Les quatre autres sursautèrent; personne ne l'avait vu ni entendu entrer dans la tente. Debout près de la porte, nonchalamment appuyé à son épée plantée au sol, le chevalier pouvait s'être tenu là pendant toute la conversation, attendant le moment opportun de signaler sa présence. Comme toujours, il prenait un malin plaisir à surprendre tout le monde. Du coup, la colère de Szenia s'en trouva désamorcée et la sortie théâtrale qu'elle avait prévue se résuma à quelques pas en direction de la porte.

— Dès ce soir, si c'était possible, ajouta Oleri en s'avançant vers Szenia. Esfald, à la tête d'une petite armée, se dirige vers Laudon.

— Apportez-vous parfois de bonnes nouvelles? maugréa Etecles à mi-voix.

— Bien sûr: nous avons encore trois jours pour nous préparer à l'affronter!

Et ce disant, le chevalier coula un regard lourd de sous-entendus vers Szenia. La jeune fille pensait la même chose que lui: il devenait impératif d'éliminer un des deux sorciers, avant de se retrouver pris en sandwich entre eux...

* * *

Au milieu du campement eghan, plusieurs hommes faisaient cercle autour de Szenia et du

Fou Blond. Bien que celui-ci la dominât par sa taille et que son expression trahît l'expérience des combats qui manquait encore à la princesse héritière, l'attention des guerriers ne se tournait pas vers Bonnaïssion. L'armée se trouvait, après tout, sous les ordres de Szenia; le chef des rebelles faisait figure d'outsider dont il valait mieux se méfier. D'ailleurs, toute cette stratégie d'attaque surprise contre le château d'Amitié paraissait fort douteuse aux Eghans. Tant qu'Altrabir avait secondé Szenia, les généraux s'étaient pliés à ses commandements sans rechigner; maintenant que le prince restait dans sa tente, ne l'approuvant ni ne la contredisant publiquement, les guerriers hésitaient.

— Nous serons presque deux cents, en comptant les rebelles, expliqua Szenia.

— Autant d'hommes ne pourront approcher du château sans être vus! protesta tout de suite l'un des généraux.

— C'est pourquoi nous pénétrerons dans le passage secret par sous-groupes d'au plus vingt-cinq hommes, intervint Bonnaïssion. En un endroit, le tunnel s'élargit et il est possible d'y réunir jusqu'à cinq cents personnes.

— Les groupes se rendront à l'entrée du passage par des chemins différents, poursuivit Szenia sans attendre que d'autres généraux ajoutent leur grain de sel. Les deux premiers à l'aube, puis au midi et les derniers attendront le soir.

L'attaque se fera de nuit et se concentrera dans un premier temps sur la cour intérieure, où les Moïs dormiront. Chaque groupe portera ensuite son offensive sur une zone précise du château.

C'était un résumé de la nouvelle stratégie, établie de concert avec les rebelles. Il fallut beaucoup d'effort de persuasion à Szenia et Bonnaïssion pour convaincre les généraux. En quittant Ville-Royale, le prince de Creuse-Vallée leur avait promis un siège simple, suivant les règles de l'art. Que deux jeunes gens — car Bonnaïssion lui-même ne devait pas avoir trente ans — décident de chambarder tout cela ne leur plaisait guère. Et pour investir le château de l'intérieur, par-dessus le marché, en s'infiltrant par un chemin dont le secret remontait presque au temps des Légendes... Cela ressemblait trop à une histoire de grand-mère qu'on raconte aux enfants pour les amuser.

Szenia s'avouait volontiers que, seule, elle n'aurait pas trouvé les bons arguments. Elle manquait de diplomatie, elle n'aurait su que servir aux généraux des répliques cinglantes sur leur incapacité à vaincre les Moïs. L'éloquence et le charisme du Fou Blond vainquirent la réticence des Eghans. Cela et les menus détails, à première vue sans importance, qu'ils avaient songé à planifier. Après une demi-journée de pourparlers, les généraux se laissèrent enfin gagner à la nouvelle stratégie. Trois d'entre eux furent choisis pour pénétrer dans le château et

Szenia leur confia la tâche de sélectioner les guerriers qui formeraient leur groupe. Le quatrième peloton, dont Bonnaïssion et elle feraient partie, se composerait des rebelles. Quant au reste de l'armée eghane, commandée par Altrabir, ils avaient plié bagage et, sous les yeux des Moïs hilares, s'en étaient retournés vers Dalaril et le Kadave. En réalité, ils étaient partis établir le campement plus loin, attendant l'armée d'Esfald pour prendre l'ennemi à revers.

— J'admire votre énergie, princesse, la complimenta Bonnaïssion quand les généraux s'éloignèrent. Je ne connais aucune femme qui s'impliquerait autant que vous dans une bataille.

Surtout si jeune, songea en plus le rebelle et Szenia saisit ses paroles informulées. Elle rougit, sans doute autant de plaisir que de colère. Elle n'était pas si jeune! Peut-être ne paraissait-elle avoir que quatorze ans, mais dès l'été suivant elle célébrerait ses dix-huit ans. À cet âge, la plupart des princesses étaient déjà mariées!

Est-ce que tout le monde me verra toujours comme une enfant jouant à la guerre? ragea-t-elle en silence. *Même Bonnaïssion! Il avait pourtant semblé me considérer comme son égale...* Szenia se força au calme. Bonnaïssion n'avait pas voulu la blesser, à preuve il n'avait pas dit tout haut ce qu'il pensait. Elle n'avait aucune raison de s'emporter; seule la nervosité due à la bataille qui s'annonçait pouvait expliquer ses sautes d'humeur.

— Moi, c'est vous que j'admire, répondit-elle en souriant. J'aime votre façon de commander. Vous avez un tel don, les hommes vous suivraient jusqu'à la mort! Quand je serai reine, je vous sacrerai chevalier et mettrai mes guerriers sous votre commandement. Si vous le voulez bien!

Szenia avait pensé le flatter, mais ses compliments se retournèrent contre elle:

— Je n'ai que faire de la noblesse et des honneurs, répliqua-t-il, piqué au vif. Lorsque vous serez reine, princesse, je resterai un rebelle et vous ne me trouverez plus sur votre chemin.

Il la salua d'un mouvement raide de la tête et s'en alla rejoindre des hommes qui s'affairaient à réparer un chariot. Szenia resta plantée-là, au milieu du campement, à le regarder s'éloigner. Elle se dit qu'elle avait été bien sotte; tout ce que l'on racontait du Fou Blond n'était que vérité. Cela lui apprendrait à jouer les princesses héritières vaniteuses! Lui faire plaisir? C'était plutôt à elle-même qu'elle avait voulu plaire, en trouvant un moyen d'attacher Bonnaïssion à ses côtés! Dépitée, la jeune fille regagna sa tente et s'efforça d'oublier ses sentiments pour le rebelle. Il importait peu qu'il soit fier de la jeune guerrière et qu'il l'admire, s'il détestait cette autre facette de sa personnalité qui un jour ferait d'elle une reine. À quoi bon ignorer la peur qui lui tordait les entrailles pour aller combattre et se rendre digne de Bonnaïssion quand, au fond, Szenia aurait cent fois préféré rester à l'écart avec le prince Altrabir! Mais il était trop tard: cette nuit verrait sa première vraie bataille en tant que chef de l'armée, la jeune fille aurait tout à prouver, et mieux valait bien s'y préparer. Elle se plongea donc une nouvelle fois dans l'étude des croquis du château d'Amitié qu'Altrabir lui avait cédé. Les apprendre par cœur ne lui ferait pas de tort.

7

Dans le château d'Amitié

Il y avait une source, au pied de la colline voisine du château, qui coulait sans tarir d'aussi loin que les gens se souvenaient. On pouvait s'y abreuver pendant les plus dures sécheresses, ce qui avait fait la renommée de Laudon dans toute la région et poussé les princes dirigeant l'As-sur à y bâtir leur forteresse. Avec les années, on en avait fait un lieu sacré et on accordait à l'eau de cette source des vertus curatives. Les paysans croyaient en outre que quiconque y buvait chaque jour se voyait assuré d'une longue descendance. On en était même venu à construire par-dessus la source une maisonnette où il était possible d'habiter quelque temps lors d'un pèlerinage. L'endroit avait perdu en popularité depuis plusieurs années, mais la cabane tenait toujours et l'eau de la source y coulait encore, aussi pure que jadis. C'était là que s'ouvrait le passage secret vers le château d'Amitié.

Ashteï avait bien expliqué le mécanisme du passage à son petit-fils Bonnaïssion. L'un des deux murs de pierre sculptée, qui encadraient la source comme le manteau d'une cheminée, en cachait l'entrée. Il suffisait d'actionner un levier pour retenir l'eau dans un réservoir et se glisser derrière le mur de pierre sans se mouiller. Une fois de l'autre côté, un levier semblable au premier vidait le réservoir et permettait à l'eau de couler à nouveau. Un système fort simple et à peine dissimulé qui avait pourtant réussi à demeurer secret pendant des centaines d'années.

— Le mécanisme à l'autre bout du tunnel est plus complexe, expliqua Bonnaïssion en rétablissant le filet d'eau.

Le tunnel qui reliait la maisonnette au château n'était rien moins que praticable. Il avait jadis été le lit d'une rivière souterraine, asséchée depuis. Un peu d'eau couvrait encore le sol, le rendant très glissant, et des pierres de tailles diverses menaçaient de faire trébucher ceux qui s'aventuraient dans le passage. Même éclairé de plusieurs torches, on en venait à ne plus savoir où regarder en marchant car la hauteur du plafond variait sans cesse, au grand dam des guerriers qui s'y cognèrent plusieurs fois le front. Jusqu'à la largeur du tunnel qui s'amincissait, ne permettant en certains endroits qu'à une personne à la fois d'y avancer, pour s'élargir tout à coup en une sorte de petite salle ronde. Après quatre de ces élargissements, le groupe de rebelles parvint enfin à l'endroit dont Bonnaïssion avait parlé et qui pouvait contenir cinq cents personnes.

Cette salle, au contraire du reste du tunnel, avait été aménagée. La pierre avait été polie par les tourbillons de la rivière souterraine pour former un dôme à hauteur d'homme, mais les concepteurs du passage secret avaient par la suite sculpté des bancs dans le roc tout autour de la salle. Et malgré que personne n'ait trouvé où commençait l'ancienne rivière souterraine, en amont, on avait muré la suite du tunnel. Ainsi, il n'y avait d'autre issue que la trappe au centre du dôme.

Le premier soin de Bonnaïssion fut de s'assurer que le mécanisme d'ouverture fonctionnait encore. Pendant un long moment, le chef des rebelles s'escrima sur les deux manettes, cachées dans des trous situés de part et d'autre de la trappe. Les vingt hommes sous ses ordres l'observèrent en silence, priant pour que la mémoire du vieil Ashteï ne l'ait pas trompé. Enfin, il y eut un déclic étouffé et la trappe s'ouvrit dans un grincement. Une échelle de corde à moitié pourrie tomba alors par l'ouverture tandis qu'une horrible odeur de moisissure s'en échappait. Le passage secret n'avait manifestement pas servi depuis belle lurette.

— Heureusement que nous avions pensé à apporter de la corde, se réjouit Szenia. Cette échelle n'aurait pas supporté le poids de deux cents guerriers!

— Elle sera facile à réparer, renchérit Bonnaïssion. Nous aurons ainsi de quoi nous occuper en attendant les autres.

Sans que personne n'ait besoin d'en donner l'ordre, les rebelles posèrent tous leur petit bagage près du mur et se mirent au travail. C'était une façon comme une autre de tromper leur anxiété avant la bataille.

* * *

— Nous déboucherons dans une cave à vin, rappela Bonnaïssion aux guerriers qui se trouvaient à ses côtés. L'endroit ne devrait pas être gardé, surtout si, comme mon grand-père le croit, le souvenir du passage secret s'est perdu. Restez quand même sur vos gardes, car les Moïs sont réputés grands amateurs d'alcool et je ne serais pas surpris d'en trouver quelques-uns parmi les barils!

Il y eut des sourires et, malgré elle, le cœur de Szenia bondit d'admiration pour le rebelle blond. Il savait comment diriger des hommes, la jeune fille lui enviait son assurance et son calme avant la bataille.

— Mais comment le Vagabond... Je veux dire, comment Ashteï a-t-il appris l'existence du passage, si même le prince Oldemar d'Amitié l'ignore? demanda-t-elle pour cacher son trouble.

— Les princes d'Amitié ont hérité de ce château, ils ne l'ont pas construit, expliqua le chevalier Oleri, voyant que Bonnaïssion ignorait la réponse. Il appartenait auparavant à une autre famille, plus ancienne, qui croyait assez en sa valeur pour ne pas laisser les traditions et les histoires se perdre.

Cela semblait sous-entendre que le vieil Ashteï aurait été le descendant de cette famille oubliée. Mais avant que Szenia ne pose d'autres questions, le chef des rebelles leur souffla de se taire. Les derniers guerriers eghans les rejoignaient enfin au bout du tunnel, c'était maintenant à la magie de Szenia de jouer.

Depuis le miracle qui avait sauvé la vie d'Aza, la Crystale — devenue bicolore — offrait à Szenia des possibilités décuplées, car elle ne fonctionnait plus sans être liée à la crystale bleue. Cette nuit, le bâton de magie permit à la jeune fille d'atteindre un niveau de concentration tel que les murs devenaient presque transparents pour elle. Il ne lui fallut qu'un instant pour identifier trois guerriers, de l'autre côté de la porte secrète. L'un d'eux, en particulier, était facile à reconnaître: Pandission, le chef de l'armée moïs, l'air plus redoutable que jamais. Ses compagnons et lui savouraient le vin des princes d'Amitié depuis un bon moment déjà, absorbés dans une discussion militaire. L'alcool tardait pourtant à faire son effet: ils gardaient toute leur vivacité d'esprit, même à cette heure tardive.

— Maintenant que les Eghans sont repartis, nous pourrons enfin pousser notre attaque jusqu'à Silvo, se réjouissait l'un des guerriers.

Ainsi, la Grande Prêtresse avait bien deviné la stratégie militaire d'Esfald. Szenia se félicita d'avoir pris le temps d'écouter ce que l'ennemi racontait, même si son plan n'était pas destiné à se réaliser. La jeune fille n'avait pas l'intention de perdre sa première bataille et de laisser les envahisseurs de Laudon poursuivre leur conquête du pays. Malgré cela, toute information surprise dans cette cave à vin pouvait s'avérer utile.

— Oublie Silvo, grogna Pandission en avalant d'un trait le contenu de son gobelet. Nos hommes ont échoué, à Farein, avec les mouches idilons. J'ai reçu un messager du roi noir: nous resterons ici avec le vieux magicien Velten jusqu'à ce qu'Esfald nous rejoigne.

— Et après? s'inquiéta le troisième.

— Après... À ce que j'ai compris, nous traverserons la Forêt Dalaril pour abattre une tour, répondit Pandission.

Devant l'étonnement des hommes à ses côtés, il ajouta:

— Je serai bien le dernier à comprendre les plans d'Esfald! Prenez ce Velten, par exemple. Comment le roi noir a-t-il pu fonder toute sa stratégie sur un allié aussi insignifiant? D'accord, c'est lui qui nous a permis de vaincre le prince d'Amitié. Mais la première fois que je l'ai vu, croyez-moi, j'ai failli éclater de rire!

Szenia comprenait très bien, elle, où son oncle diabolique voulait en venir. Grâce à la magie sauvage de Velten, Esfald croyait détenir suffisamment de pouvoir pour anéantir le Magicien-Roi. En cela, il devait suivre les ordres de son maître, le dieu du Mal. Il ignorait cependant que le demi-dieu n'habitait plus sa Tour depuis longtemps...

Dans le passage souterrain, les Eghans s'impatientaient. La jeune magicienne se rappela que pour le moment, ses préoccupations devaient se limiter à l'invasion du château d'Amitié. La présence du chef des Moïs dans la cave à vin, même accompagné de deux guerriers, ne posait guère de problème. Leur petit groupe — plus de deux cents hommes déferlant sur eux — n'aurait guère de difficulté à les vaincre. La jeune magicienne craignait cependant que les trois Moïs aient le temps de donner l'alerte au reste du château. Raté, alors, l'effet de surprise sur lequel une bonne partie de la stratégie reposait! *Mieux vaut en finir avec eux d'une manière plus douce...* songea Szenia. *Ils ne méritent même pas la mort sans douleur que je leur offre!*

Avec un pincement de remords, car c'était la première fois qu'elle devait agir ainsi, Szenia utilisa sa magie pour tuer. Pandission et les deux guerriers commencèrent par s'affaler sur la table, comme endormis des suites d'un abus d'alcool, puis ils cessèrent de respirer. La jeune fille put alors se tourner vers ses compagnons et leur assurer que la route était libre. Aucun des guerriers ne remarqua que les soûlons étaient déjà morts quand ils leur tranchèrent la gorge. Personne ne devina donc à quel crime la magicienne s'était livrée.

Personne, sauf Oleri de La Pierre, bien sûr. Le chevalier lui adressa un bref hochement de tête quand il vit les trois victimes. Il aurait été le dernier à désapprouver Szenia, puisqu'il l'avait lui-même poussée vers la désobéissance aux Grands Commandements. Au contraire, il la félicita tout bas pour sa discrétion: l'image des magiciens était, pour le moment, encore sauve. La jeune fille reçut amèrement son murmure d'approbation.

Quand tous les guerriers furent entrés, chacun put constater la mort du chef ennemi. À voir le sourire satisfait de ses hommes, Szenia comprit quel atout cette exécution leur accordait. Les guerriers eghans ignoraient que le rôle de Pandission avait pris fin avec la destruction de Laudon. Le vieux chef n'avait fait que commander les Moïs pendant leur siège contre le prince d'Amitié. Les Eghans n'avaient pas besoin de savoir tout de suite que leur principal ennemi, ce soir, serait le sorcier Velten. Mieux valait les laisser croire que la prise du château d'Amitié serait facilitée par la mort de Pandission. Cela semblait leur donner du courage.

On referma la porte secrète et les hommes se déployèrent silencieusement dans le château. Chacun avait été avisé de son rôle et du signal qui déclencherait la bataille. Il ne restait à Szenia qu'à prier pour que tout se passe bien.

En fait, tout commença de travers. La présence des Eghans dans le château d'Amitié fut immédiatement perçue par Velten. En réponse à leur invasion, il déchaîna sur eux sa magie sauvage: tous les guerriers ayant trépassé entre ces murs revinrent hanter les lieux, obligés par la volonté du nécromant qui les avait appelés à défendre la forteresse contre ses assaillants. Leurs corps insubstantiels ne pouvaient être blessés, mais les armes rouillées qu'ils utilisaient, elles, causaient autant de blessures que des neuves.

— On ne peut rien contre *ça*! protesta un rebelle quand les premiers guerriers eghans commencèrent à tomber.

— N'attaquez plus. Contentez-vous de vous défendre, conseilla Oleri. Szenia et moi, nous trouverons la source de cette magie et nous l'éliminerons!

Entendant cela, Szenia adressa au chevalier de La Pierre un regard alarmé: ces paroles lui paraissaient bien audacieuses! Mais Bonnaïssion, qui ne s'était pas tellement éloigné d'eux, eut tout de suite foi en la promesse d'Oleri. Il adressa à Szenia une mimique d'encouragement avant de poursuivre le combat. Ce fut suffisant pour faire bondir le cœur de la jeune magicienne et la décider: à chacun son épreuve, et la sienne serait Velten... Tournant le dos aux guerriers, elle gravit quatre à quatre l'escalier qui menait à la cour intérieure.

8

Les inventions de Velten

À marcher dans les souterrains du château aux côtés d'Oleri, Szenia avait une forte impression de déjà-vu. Seulement cette fois, contrairement à leur intrusion dans Fortera, aucun d'eux ne savait où aller. La magie sauvage emplissait la forteresse à un point tel que même les murs en étaient imprégnés. Impossible, donc, d'en localiser la source. Les deux compagnons avaient le sentiment de tourner en rond, bloqués au niveau des cryptes funéraires.

— En se concentrant, Adalfa pouvait dire où se trouvait n'importe quel objet dans la ville de Mityste, réfléchit tout haut le chevalier.

C'était la première fois que Szenia l'entendait évoquer un souvenir partagé avec sa tante maternelle. Oleri avait cependant dû passer plus de temps qu'elle ne l'avait cru à Farein pour si bien connaître les pouvoirs des Savanians. La jeune fille ignorait tout de ce qui s'était passé entre le chevalier et Adalfa — il s'était montré très discret à ce sujet — mais elle devina immédiatement l'idée qui venait de germer dans l'esprit d'Oleri.

— Je suis bien loin de ressembler à Adalfa, murmura Szenia, mortifiée. Et je ne contrôlerai sans doute jamais mes dons savanians aussi bien qu'elle! Nous ne disposons donc que de la magie pour combattre Velten. Mais crois-moi, Oleri, ce sera suffisant...

Szenia venait de songer à une astuce pour déjouer le sorcier Velten. Si elle pouvait voir à travers les murs grâce aux nouveaux pouvoirs de la Crystale, il devait sans doute lui être possible d'explorer le château en entier. Et puisqu'elle avait pour associé un demi-dieu, ils n'étaient pas obligés de voyager *physiquement*... Oleri resta un moment sans voix après que la jeune fille lui ait expliqué son plan. L'idée de disparaître si longtemps de l'Afford pour ne plus exister que dans le monde magique avait de quoi rendre perplexe même le chevalier de La Pierre.

— Ce sera comme voyager des Monts Pierreux jusqu'au temple d'Occus grâce à la Crystale, insista Szenia. Sauf que tout se passera beaucoup plus lentement, pour que nous examinions les endroits que nous traverserons.

Oleri ne pouvait refuser l'idée de Szenia, il lui avait lui-même expliqué ce principe, à la fin de leur quête de la Crystale! D'ailleurs, le demi-dieu voyageait constamment de cette façon. Mais savoir qu'il rencontrerait un sorcier sous cette forme vulnérable le rendait nerveux. Et puis se transformer en fantôme, ni plus ni moins, au milieu d'une crypte funéraire, avait de quoi donner la chair de poule...

Puisque c'était son idée, Szenia s'y contraignit la première. Elle se laissa doucement glisser dans les eaux vertes de la Crystale, désormais familières. Oleri ne tarda pas à venir l'y rejoindre, sous la forme du guerrier géant qu'il empruntait toujours dans ce monde d'énergie pure. À preuve qu'il craignait le pire, il avait déjà tiré son épée de crystale bleue. La jeune fille ne se visualisait pas comme une guerrière mais, par prudence, elle fit apparaître entre ses mains sa propre épée bleue. Ainsi armés, ils commencèrent leur exploration du château d'Amitié.

Douleur, obscurité, température, ces perceptions n'avaient aucune signification dans le monde de la Crystale. Il ne restait que l'intelligence. Là, les murs et les planchers ressemblaient à des vitres à moitié dépolies. Le bois se laissait plus facilement traverser, tandis que le fer offrait une opacité presque parfaite, même à ce niveau d'énergie. Szenia et Oleri n'auraient dû éprouver aucune difficulté à évoluer d'un étage à un autre, en franchissant la pierre. Mais la magie sauvage, qu'ils avaient déjà sentie dans leurs corps physiques, devenait maintenant omniprésente. On aurait dit des tourbillons de vent coloré qui les poussaient dans la direction opposée à celle qu'ils cherchaient à prendre.

— Velten semble s'être allié toutes les pierres du château! s'étonna Szenia.

La résistance qu'ils rencontraient était en effet fort troublante. Mais ce qui mystifiait le plus le chevalier était le contrôle parfait du sorcier Velten, autant sur les crystales brutes que limpides. C'était à se demander où il trouvait autant de puissance! Plus les deux magiciens émergeaient des souterrains et plus les tourbillons tentaient de les y écraser. Quand Szenia et Oleri parvinrent dans la cour intérieure du château, là où la plupart des guerriers moïs dormaient, de véritables tentacules magiques s'accrochèrent à eux pour les immobiliser. Velten avait certes trouvé un moyen efficace de se protéger contre les assauts ennemis!

— Regarde! murmura Szenia, fascinée.

L'image d'elle-même que Szenia avait créée dans le monde de la Crystale ne pouvait bouger; la magie sauvage la ligotait, suspendue au-dessus des dormeurs. Mais Oleri n'eut pas besoin qu'elle lui désigne ce qu'elle venait de remarquer, le phénomène ne lui avait pas échappé. Deux tours carrées jumelles se dressaient au centre des remparts. Des volutes magiques aux formes changeantes encerclaient l'une d'elles jusqu'au sommet et brillaient dans la nuit d'une lueur phosphorescente. Aucun magicien n'avait même entendu dire qu'une telle chose puisse être possible!

— Impressionnant, admit Oleri. C'est sûrement là que Velten a logé son repaire. Allons-y!

— Allons-y?!

Szenia se sentait si bien ligotée qu'elle n'imaginait aucune façon de se libérer. Mais alors, elle vit l'image d'Oleri se liquéfier sous ses yeux et échapper à la prise des tentacules, avant de reprendre son apparence humaine un peu plus loin. La jeune fille se reprocha son étroitesse d'esprit — comment avait-elle pu se croire limitée à une seule forme, dans ce monde où la magie permettait presque tout? Elle s'empressa de suivre son exemple.

La magie sauvage ne perdit pas un instant pour se réorganiser: les abords de la tour se couvrirent d'une forêt de plantes carnivores. Mais, probablement à cause de la nature instable de la crystale qui servait à les créer, leur forme restait floue et ne cessait de se modifier. Cela leur donnait un avantage: lorsque les magiciens flottaient un peu plus haut afin de leur échapper, les tiges s'allongeaient autant qu'il le fallait pour leur permettre de rejoindre à nouveau leurs proies. La ruse ne semblait pas possible. Szenia et Oleri dressèrent leurs épées d'un même mouvement et commencèrent à se tailler un chemin.

Ils ne tardèrent pas à comprendre que même le combat était un piège. À mesure que les têtes des plantes tombaient, celles-ci se transformaient en volatiles féroces, crachant des gerbes de feu. Quand les deux magiciens parvinrent tout près du mur de la tour, il y avait de ces bestioles partout autour d'eux. Et elles bougeaient si vite que les épées bleues parvenaient à peine à les effleurer.

— Dommage que Velten ait choisi le côté de l'ennemi, cria Szenia en se démenant contre un volatile plus gros que les autres.

— Heureusement pour nous, ses pouvoirs ont quand même une limite.

En effet, Velten avait dû juger que les deux magiciens avançant vers lui représentaient une plus grande menace que les envahisseurs eghans. Choisissant ses priorités, le sorcier s'était concentré sur Oleri et Szenia. Autour d'eux, l'armée eghane se déployait donc dans la cour intérieure, enfin débarrassée des guerriers fantômes. Inquiète malgré elle, la jeune fille chercha des yeux le Fou Blond. Elle le devina, grimpant vers le chemin de ronde et son cœur en fut soulagé. Elle aurait haï davantage Velten Emmsoï si ses inventions diaboliques avaient eu raison du chef des rebelles... Mais cette distraction lui valut une sévère brûlure et elle se sermonna intérieurement. *À chacun son épreuve*, se remémora-t-elle. *Et la mienne, c'est Velten. Je ne dois penser qu'à la magie...*

La magie se chargea de toute façon de se rappeler à elle brusquement. À force de s'élever vers le sommet de la tour, les magiciens finirent par traverser une frontière invisible et les volatiles se laissèrent distancer. Pour éviter les spirales phosphorescentes qui encerclaient la tour, Szenia et Oleri avaient toujours flotté à bonne distance des murs de pierre. Mais à mi-hauteur, ces volutes devinrent des bras et des mains. Et dans le creux de ces mains, de petits guerriers ailés, vêtus d'armures miroitantes, attendaient leurs proies. Les forces commençaient à devenir par trop inégales!

— On essaie l'intérieur de la tour? suggéra Oleri avec philosophie.

Szenia ne se donna pas la peine de répondre: comme propulsée par une fronde, elle s'élança vers la tour, les yeux fermés. Rien ne l'empêcha de traverser le mur, pas même les guerriers ailés. Mais une fois de l'autre côté, elle eut la surprise d'entrer en collision avec une surface molle et élastique, avant de rebondir vers le mur. Le choc l'étourdit jusque dans le monde magique.

— Grand dieu créateur! Qu'est-ce que c'est que ça! s'exclama-t-elle avec horreur quand elle posa les yeux sur ce qui avait stoppé son élan.

Pour une fois, Oleri ne put lui répondre. Il resta silencieux à ses côtés et contempla avec elle la *chose*. Cette bête n'existait pas, en Afford. Longue et élancée comme un serpent géant, mais poilue et griffue comme un félin, cela avait une fine texture spongieuse et fixait sur eux de minuscules yeux vairons. Velten avait dû aller chercher cette bête dans un autre monde.

— Il y a de ces monstruosités partout!

Szenia était au bord du découragement. Si les inventions de la magie sauvage se succédaient ainsi sans fin, défiant l'imagination, ses forces la trahiraient bientôt.

— Regagne le monde matériel, Szenia, lui conseilla alors Oleri. Velten ne peut que combattre au niveau de la magie avec ses bêtes étranges. Tu parviendras plus facilement jusqu'à lui. Moi, je ferai diversion en m'attaquant à cette chose...

La jeune fille ne se fit pas prier. Elle se doutait depuis le début qu'elle affronterait Velten seule. Ne comptant plus que sur sa bague de crystale bleue, Szenia s'extirpa du monde magique.

L'endroit où elle réapparut ne ressemblait en rien à celui où la chose immatérielle nichait. Un bon feu crépitant brûlait dans la cheminée, un parfum épicé flottait dans l'air. Un tapis luxueux couvrait le sol, des tapisseries habillaient les quatre murs. Des rideaux de soie masquaient les fenêtres, un lustre de diamants était pendu au centre de la pièce. Les chaises délicates qu'on avait placées là paraissaient plutôt faites pour être admirées que pour permettre à quelqu'un de se reposer... Mais le plus étrange était le calme extraordinaire qui régnait dans la salle; jamais on n'aurait cru qu'à un autre niveau d'énergie, un demi-dieu combattait une bête magique! Ici, tout était si propre et rangé que Szenia ne redoutait pas d'y rencontrer un guerrier moïs sale et puant...

Cependant, de tous les ennemis que Szenia pouvait trouver sur son chemin, celui qui l'attaqua par surprise était bien le dernier qu'elle pensait croiser au château d'Amitié.

9

Le repaire du sorcier

En posant la main sur la poignée de la porte qui, Szenia en était persuadée, menait au repaire du sorcier, un frisson lui courut dans le dos. Quelque chose venait de la toucher, l'immobilisant aussi bien dans le monde matériel que dans le monde de la Crystale. La jeune fille ne s'en étonna pas outre mesure; encore plus qu'ailleurs, cette pièce empestait la magie sauvage et cette impression s'intensifiait près de la porte. Szenia se débattit comme elle l'avait fait dans la cave des rebelles, fouettant l'air de ses bras pour se défaire de l'étau qui la retenait. À sa grande surprise, elle rencontra un obstacle palpable mais invisible, qui cria de douleur sous ses coups. La voix ne lui était pas inconnue.

Un seul assaut de magie grâce à sa crystale bleue permit à Szenia de retirer à son assaillant sa bulle d'invisibilité. Un solide coup de hanche l'envoya ensuite rouler au sol et elle s'empressa de l'immobiliser à son tour en s'assoyant sur son ventre. Alors seulement elle découvrit avec stupeur l'identité de son adversaire:

— Uralyn! Qu'est-ce que tu fais ici?

Le garçon s'abstint de toute réponse et se démena de plus belle pour échapper à Szenia. La jeune fille, sentant que sa prise faiblissait, décocha à son ancien ami un solide coup de poing qui le calma quelques minutes. Il y avait longtemps qu'elle ne s'était pas ainsi battue comme une gamine. Mais tant qu'Oleri affrontait la *chose* dans les eaux vertes de la Crystale, la puissante pierre restait inaccessible à la jeune fille. Et sa bague bleue ne se contrôlait pas facilement, sans être liée à un autre objet magique. Szenia ne pouvait l'utiliser à des fins aussi précises que ligoter Uralyn.

— Est-ce que tu vas encore essayer de mettre le feu au tapis? lui demanda-t-elle sardoniquement, ne lui ayant toujours pas pardonné sa trahison de l'automne précédent.

— Et toi? Est-ce que tu vas encore te mettre en travers de mon chemin? répliqua Uralyn avec colère. Chaque fois que j'essaie de mener à bien une mission, tu viens tout saboter!

Cette réponse prit Szenia de court. L'Uralyn qu'elle avait connu au temple d'Occus aurait essayé de la tromper en lui parlant d'amitié avant de la défier. Il ne lui aurait jamais si froidement reproché de mettre un frein à ses projets! Et de fait, le garçon était devenu méconnaissable depuis la dernière saison. Son visage restait le même, bien sûr, avec ses mèches noires qui lui chatouillaient les pommettes et ses yeux azur, l'ombre de moustache au-dessus de sa lèvre... Peut-être à cause de sa tunique rouge en taffetas coûteux, on lui aurait donné deux ou trois années de plus qu'au temple d'Occus. Mais c'était son regard qui trahissait le changement dans sa personnalité. L'étincelle de vivacité qui avait tant plu à la jeune magicienne s'était muée en un feu brûlant de violence et de détermination qui frôlait la folie.

Szenia se répéta pour la énième fois que jamais elle ne comprendrait son cousin — à qui, malgré sa trahison, elle ne pouvait retirer sa sympathie. S'il n'avait pas été le fils de son pire ennemi, il aurait sans doute pu être ce compagnon qui manquait tellement à la jeune magicienne. Au temple, il y avait eu des jours où ils avaient ri ensemble, des moments où ils s'étaient même découvert des opinions semblables. Szenia aurait souhaité qu'au moins, Uralyn ne se trouve pas sur son chemin une deuxième fois, pour s'éviter la douleur d'avoir à l'affronter à nouveau. Mieux encore: elle aurait voulu que son amitié le ramène du côté du Bien, mais c'était sans doute se bercer d'illusions.

— Je serais curieuse de savoir qu'est-ce que ça t'a vraiment fait de savoir que j'étais morte, au temple, songea tout haut Szenia.

Uralyn ne se laissa pas distraire. Voyant la jeune fille pensive, il en profita pour la renverser. D'un mouvement sec du bras, il la plaqua au sol à son tour et l'assomma presque. Un poignard, rapidement tiré de son fourreau, se posa sur la gorge de celle qu'il avait aussi considérée comme son amie, à l'automne.

— On dirait que tes trucs de magiciens ne fonctionnent pas, ici! ricana-t-il. Tu as rencontré plus fort que toi.

— Le sorcier m'empêche d'utiliser ma magie pour le moment, mentit Szenia avec aplomb, espérant ainsi endormir la méfiance d'Uralyn. Mais je suis venue le vaincre et tu n'y changeras rien. Tu pourrais m'aider. Tu n'es pas obligé de prendre le parti de ton père...

— Ah! Comment as-tu appris que je suis le fils d'Esfald? Non, peu importe. Je me tiens du côté des gagnants et, en ce moment, mon père est le plus fort. Lève-toi!

Uralyn tira violemment Szenia par le bras pour la forcer à se mettre debout, gardant toujours le poignard contre sa gorge. Marchant derrière elle, il la mena dans la pièce adjacente, là où le sorcier avait établi son repaire. Szenia aurait pu tenter quelque chose pour se libérer, mais il ne lui déplaisait pas de se présenter ainsi devant son ennemi. Son apparente incapacité à se défaire de la poigne du garçon lui donnerait sûrement le temps d'étudier Velten afin de mieux mener son attaque. Et les élancements dans son crâne se calmeraient avant la bataille...

La pièce où Uralyn poussa Szenia différait en tout de la précédente. Ici, pas de rideaux ou de tapis luxueux, pas de meuble délicat ni de précieux chandelier. Les tables étaient de bois gris, solide mais grossier, et l'éclairage provenait des sept larges fenêtres par où la lumière rouge de la pleine lune entrait à flots. Quelques chandelles illuminaient en plus les diagrammes compliqués fixés un peu partout sur les murs, sans doute pour permettre une consultation plus rapide que dans un livre. Des crystales brutes de tailles diverses garnissaient la plupart des surfaces de travail, dans l'ombre. Comme dans la Tour du Magicien-Roi — mais là s'arrêtait la ressemblance — des étagères de livres couvraient deux des quatre murs. Ce décor épuré n'était pas si étranger aux salles du château de Ville-Royale où les maîtres avaient enseigné la magie à Szenia.

Dans un des coins, cependant, une cage aux proportions humaines trahissait la nature maléfique de l'œuvre du sorcier. Des fils immatériels d'un rouge vif serpentaient entre les barreaux et, à l'intérieur, une épaisse fumée d'un jaune malsain dissimulait presque ce qui s'y trouvait prisonnier. Toutefois, en regardant bien on distinguait les silhouettes de quatre enfants, assoupis dans les bras les uns des autres.

— Les quatre fils du prince d'Amitié, expliqua Uralyn quand il remarqua la perplexité de Szenia. Ils possèdent le Talent et Velten a trouvé un moyen d'aspirer leur énergie grâce à une crystale brute.

Il lui pointa la table, presque cachée derrière la cage des enfants, au-dessus de laquelle le sorcier se tenait penché. Deux crystales y trônaient sur un socle double, brillant également du feu glacé des pierres magiques. Mais seule la grosse boule rose était limpide. L'autre, elle, n'était qu'un bloc irrégulier, d'un orange sale veiné d'impuretés jaunes et noires. Liées ensemble et canalisant vers le sorcier l'énergie des enfants, elles avaient fourni à Velten la puissance étonnante qui aurait dû détruire l'armée eghane. Seul un fou pouvait mettre au point une abomination pareille!

Mais Velten le génie ne ressemblait pas à un fou. À peine plus hirsute et plus gras que la moyenne des maîtres magiciens, vêtu d'une riche tenue comme ceux de Ville-Royale, il avait le regard absent des grands penseurs qu'avait côtoyés Szenia dans son enfance et les yeux cernés des gens que trop de soucis accablent. Il se tourna vers sa nouvelle prisonnière et parut sur le point de lui parler, mais son visage ridé se tordit tout à coup sous l'effort visible qu'il déployait à contrôler deux crystales à la fois. Ses doigts se crispèrent sur la pierre limpide et Velten renversa la tête vers l'arrière. Il semblait souffrir le martyr.

Devinant ce qui se passait, Uralyn poussa Szenia vers une fenêtre et la força à plonger son regard dans la cour intérieure du château, plusieurs étages sous eux. Les guerriers moïs ne dormaient plus. La jeune fille ignorait si l'un des Eghans les avait malencontreusement réveillés ou si la sorcellerie de Velten s'en était chargée. D'une façon ou d'une autre, la bataille était commencée et le fracas des armes montait jusqu'au dernier étage de la tour. Personne n'aurait pu dire, si tôt, qui des deux armées l'emporterait, mais les corps des Eghans étaient baignés d'une bizarre lueur magique qui fluctuait, les révélant dans la nuit aux Moïs. Ils commençaient avec un net désavantage et s'en effrayaient visiblement.

Sur les remparts, juste en face de la fenêtre où Szenia se tenait, un incendie avait été allumé. Là aussi on se battait, et pas plus qu'en bas l'une des deux parties ne paraissait gagner l'avantage. Les rebelles se laissaient cependant moins intimider par les artifices du sorcier que les hommes du prince Altrabir, et ils ferraillaient comme si les chances avaient été égales. Un éclair blond attira l'attention de la jeune magicienne vers l'une des tours d'angle. Si près des flammes qu'il devait sentir la chaleur lui lécher le dos, Bonnaïssion combattait de son mieux contre trois Moïs. Le feu l'avait coupé de ses compagnons et, malgré sa dextérité, il ne semblait pas pouvoir tenir seul bien longtemps. Comprenant dans quel pétrin se trouvait son chef, un rebelle sauta courageusement du haut de la tour d'angle pour lui porter secours, mais trop tard.

Szenia ne distingua pas comment le Fou Blond fut blessé, elle le vit seulement basculer en bas des remparts et glisser sur le toit en pente des logis. Son cœur bascula en même temps et elle trouva le courage du désespoir pour échapper au poignard d'Uralyn. Avant que le garçon ne raffermisse sa prise, elle s'élança vers l'une des tables au centre de la pièce.

En entrant, la jeune fille n'avait pas remarqué la pierre bleue au milieu des autres, mais une part inconsciente de son cerveau n'avait attendu que le moment de s'en emparer. La crystale était brute, Szenia n'avait même pas encore compris par quel hasard elle parvenait à contrôler sa petite bague limpide, ces détails importèrent peu quand elle posa les doigts sur la roche translucide. Dans son orgueil, l'Élue d'Occus crut qu'elle pouvait tout réussir et que si le Destin lui avait déjà accordé un miracle, il ne permettrait pas aujourd'hui qu'elle échoue.

L'énergie magique afflua comme un raz de marée dans l'esprit de Szenia et le monde autour d'elle éclata. Les tables dans l'atelier de Velten furent soufflées par la force de l'explosion et Uralyn roula au pied de la cage, qui bascula par-dessus lui. Les deux crystales, sous les paumes du sorcier, dégringolèrent de leur socle et s'éteignirent. Quant à Velten, il cria de douleur en contemplant ses mains brûlées avant de s'effondrer au sol, sans connaissance. La jeune magicienne elle-même fut atteinte par la puissance de ce qu'elle venait de déclencher: son corps s'affala au sol comme une poupée de chiffon et son esprit se fragmenta pour s'élancer dans toutes les directions, prisonnier d'un monde magique échappant à tout contrôle. Szenia se retrouva partout dans le château d'Amitié, liée mentalement à ceux qui s'y trouvaient. Dès lors, elle ne réussit plus qu'à agir chaotiquement, portée par l'énergie sauvage d'une magie que même l'Élue d'Occus ne pouvait asservir.

10

Quatre combats

Le monde magique des crystales brutes ne ressemblait en rien à celui que Szenia connaissait par la Crystale. Ici, la réalité n'était pas seulement perceptible à travers une brume colorée, la magie sauvage déformait toutes les perceptions. La jeune fille se sentait comme ivre et désorientée dans ce château dont elle avait pourtant appris les plans par cœur. Les proportions semblaient faussées et même les murs donnaient l'impression de ne plus s'élever à angle droit... C'était comme si Szenia avait eu des lunettes déformantes sur le nez, incapable de s'en défaire. Plus elle résistait, essayant de forcer le paysage à s'organiser logiquement, et plus sa vision s'opacifiait, les détails se perdant dans un voile bleuâtre.

Les guerriers se trouvaient partout dans le château. Szenia, bien malgré elle, avait conscience de leurs moindres gestes. Elle partageait les pensées des Moïs qui se battaient à la hache, mais aussi celles de cet épéiste eghan aveuglé par le sang. Elle savourait l'euphorie du combat et le plaisir de la victoire. Elle goûtait l'amertume de la défaite, ressentant la douleur dans son propre corps tandis que mouraient ceux avec qui elle vivait la bataille. Elle souffrait même de la panique du chat, caché derrière un bidon d'huile chaude, et de l'égarement des coursiers dans leurs stalles. La jeune magicienne se trouvait prisonnière d'un kaléidoscope de sensations, voyant tout sans pouvoir se concentrer sur quoi que ce fût.

Au milieu de cet océan de confusion, certaines présences brillaient comme des phares. Szenia ne connaissait vraiment que quatre personnes dans le château et celui vers qui son esprit s'envola tout de suite fut naturellement le Fou Blond.

Bonnaïssion gisait, sans connaissance, coincé entre une lucarne et le toit en pente qui lui avait servi de glissoire. Son dos n'était plus qu'une plaie béante, malgré l'épaisse cuirasse censée le protéger. Le coup qui avait blessé à mort le rebelle avait été d'une puissance inouïe, lui rompant les os en même temps qu'il lui déchirait les chairs. Szenia ne chercha pas à soigner le Fou Blond. Sa magie se trouvait tellement dispersée, avec chaque parcelle de ses pensées, d'un bout à l'autre du château, que jamais elle n'aurait cru pouvoir accomplir quoi que ce soit. Mais cela arriva quand même, instantanément, alors que son esprit se plongeait dans celui du blessé.

Un peu d'énergie magique se répandit dans le corps inanimé et répara une partie des dégâts. Juste ce qu'il fallait pour que le rebelle se dresse à nouveau, prêt à se battre. Son premier adversaire se présenta sans tarder: un Moïs zélé l'avait suivi dans sa chute afin de l'achever. Mais lorsque Bonnaïssion pointa son épée vers lui, il constata avec stupeur que des flammes entouraient son arme. Et que non seulement le feu brûlait autour du métal, mais qu'en plus il incendiait n'importe quel obstacle au moindre contact. Pour le rebelle, il s'agissait d'une véritable bénédiction: faible comme il l'était encore, il n'aurait pu combattre longtemps avec une épée normale. Cependant, pour la jeune magicienne, concentrer suffisamment de sa magie sur une seule personne dans l'état où elle se trouvait tenait du miracle.

Un miracle qui s'expliquait, toutefois: une mini-tempête faisait rage là-haut, dans le repaire de Velten. Les objets bougeaient d'eux-mêmes, emportés par un déchaînement de magie sauvage. Les crystales brutes roulaient au sol et certaines se fracassaient contre les murs. Les inventions du sorcier cessaient leur office les unes après les autres et le feu glacé des pierres magiques s'éteignait.

Velten ne faisait pas un geste pour stopper le chaos. Toujours sans connaissance, à moitié couché sous une table renversée, il en aurait été incapable. Dans ces circonstances, Szenia s'étonna que les horreurs de la magie sauvage ne cessent pas. Mais alors, la clef de cette énigme lui apparut clairement et elle comprit que le sorcier n'avait été qu'un pantin. Au cour de la destruction de Laudon et des deux sièges du château, il avait cru contrôler les crystales brutes. En réalité, celles-ci s'étaient pliées à sa volonté le temps de puiser dans son Talent ce qu'il leur fallait pour agir seules. Au contact de l'Élue d'Occus et de son Talent exceptionnel, les pierres impures avaient abandonné le vieux sorcier pour se déchaîner, utilisant leur captive comme nouvelle source de puissance.

Szenia comprit aussi pour la première fois la nature de l'échange entre le magicien et sa crystale. Cela expliquait pourquoi elle se sentait si épuisée après un long contact avec les pierres magiques. Mais si les crystales limpides se soumettaient, les crystales brutes, elles, n'attendaient que le moment d'échapper à tout contrôle. Leur action ne pouvait donc être qu'illogique et autodestructrice. Et à mesure que la magie sauvage anéantissait ses propres pierres dans son déchaînement chaotique, le monde bleu dans lequel Szenia flottait s'organisait en un paysage un peu plus précis. Comme si la magie de la crystale bleue informe cédait à celle, plus ordonnée, de la crystale de sa bague, lui rendant la maîtrise de son Talent.

Les pensées de Szenia flottaient aussi dans les corridors souterrains où il ne se passait pourtant pas grand-chose. Elles y trouvèrent Elei, le bras droit de Bonnaïssion. Le rebelle avait pour mission de conquérir les sous-sols de la forteresse. Dans la stratégie pour reprendre le château d'Amitié, on n'avait pas oublié que des Moïs s'y trouveraient postés, ne serait-ce que pour garder les cellules où le prince Oldemar était enfermé. Elei et ses hommes cherchaient toujours en vain la prison mais, dans une salle à la porte bardée de métal, ils dénichèrent plutôt une curiosité fort intéressante. La conscience dispersée de Szenia vola vers Elei et s'accrocha à son esprit au moment où le guerrier ouvrait un baril de poudre colorée.

Le rebelle, fils d'un paysan qui ne s'était jamais beaucoup éloigné de ses champs, ne devina pas à quoi il avait affaire. La jeune magicienne, au contraire, reconnut tout de suite la poudre à feu servant à dessiner dans le ciel. Quand elle avait quitté Ville-Royale, trois ans plus tôt, ce divertissement commençait à se répandre dans toutes les cours du royaume. Chez le prince de Creuse-Vallée cependant, les feux d'artifice lors des grandes fêtes étaient devenus incontournables depuis plusieurs saisons. Il avait été le premier à les importer du pays de Selsey, loin du côté du Couchant. Chacun à Ville-Royale savait qu'il fallait en manipuler les barils avec soin depuis qu'un quartier complet de la ville s'était vu souffler par une explosion. Szenia imaginait très bien comment utiliser la découverte d'Elei.

Elle aurait voulu pouvoir manipuler le rebelle aussi facilement que Bonnaïssion. Mais elle se butait à l'esprit d'Elei, aussi opaque qu'un mur de roc et nullement affaibli par la douleur. Impossible de le forcer à agir contre son gré, avec le peu d'énergie magique qui lui restait.

— Cette poudre est très étrange, mais elle ne nous fera pas gagner la guerre, dit Elei à ses compagnons en refermant le baril.

Szenia essaya de lui faire prendre le baril, pour l'emmener jusqu'à la tour abritant le repaire de Velten... Elei retourna avec ses hommes dans le corridor et ferma la porte. Puis, sous l'influence de la jeune magicienne, il changea d'idée et l'ouvrit à nouveau, faisant signe à celui qui portait la torche de le suivre à l'intérieur. Le rebelle examina une deuxième fois la poudre... mais s'en tint à sa décision de s'en passer. La concentration de Szenia faiblissait. Son contrôle lui échappait, Elei quittait pour de bon la pièce et la poudre à feu. Il ne manquait pourtant pas grand-chose pour le convaincre.

La torche du rebelle flamba brusquement avec tant d'éclat que, craignant de se brûler, le jeune homme la laissa tomber au milieu de la salle. Le peu de poudre qui avait glissé jusqu'au sol s'enflamma immédiatement; Elei et son compagnon se ruèrent à l'extérieur. Comme l'avait prévu Szenia, le baril explosa quelques secondes plus tard, vite suivi des quatre autres à ses côtés. La pièce au complet fut embrasée et, dans le corridor, le plafond s'effondra sur les Eghans.

Une des deux tours du château se trouvait juste au-dessus du lieu de l'explosion. Déjà passablement abîmés par le bombardement de roches auquel la jeune magicienne avait livré la forteresse, quelques jours auparavant, deux de ses murs s'effondrèrent dans la cour intérieure. Malheureusement, il ne s'agissait pas de la tour où Velten avait logé son atelier. Des dizaines de guerriers des deux camps furent donc écrasés en vain. L'explosion n'avait été qu'un coup d'épée dans l'eau, bien loin d'avoir eu l'effet désiré. Szenia craignait même d'avoir tué Elei dans cet accident... Mais si le rebelle survivait et parvenait à se sortir de sous la pierre, il n'ignorerait plus comment utiliser à des fins offensives ce qui restait de la poudre colorée; dans la cour, il n'y avait plus qu'une tour à faire sauter.

En haut de la tour, l'explosion passa presque inaperçue. La crystale brute que Szenia avait tenté de contrôler regagnait en puissance. Puisant dans le Talent de la jeune fille, sa magie sauvage contrôlait maintenant de sa propre initiative trois autres pierres impures de moindre envergure. Le roc des murs commençait à se déformer. Le plancher autour de Velten changeait sans cesse de couleur et de texture, enveloppant peu à peu le sorcier. Uralyn, voyant que son allié ne contrôlait plus rien, choisit ce moment pour sortir de la pièce.

Dans le brouillard apocalyptique qui retenait Szenia prisonnière, la présence d'Uralyn brillait comme une flamme. Espérant trouver un peu de stabilité dans la tempête qui la malmenait de plus en plus, la jeune fille se raccrocha à son ami et se plongea dans ses pensées sans qu'il en soit conscient. En un instant, elle comprit toutes les facettes de sa personnalité.

Uralyn avait appris très jeune à détester la magie; c'était à cela qu'il songeait, en luttant pour éviter que ses bottines ne soient avalées par le plancher. Quand il était encore enfant, son père se servait des crystales pour le punir et terroriser sa mère. Les habitants de Fortera goûtaient régulièrement à la sorcellerie d'Esfald: il aimait inventer de nouveaux moyens de torture et les tester sur sa maisonnée. C'était lui qui avait chargé Velten d'étudier les pierres brutes qui, à présent, se retournaient contre lui. Le vieux sorcier n'aurait jamais trahi les Eghans si le roi noir ne l'y avait obligé. Il semblait que personne ne réussissait à s'opposer à la volonté d'Esfald.

Seul le demi-frère d'Uralyn, premier fils de sa mère, avait osé s'enfuir de Fortera: sitôt sa majorité atteinte, il avait rejoint la résistance moïse. Le roi noir en avait conçu une grande haine à l'égard du jeune homme et, pour ce crime, avait fait payer la douce mère. Depuis, celle-ci se cachait dans une chambre de Fortera et ne se montrait à personne tellement elle avait honte de son visage difforme. Uralyn, quant à lui, n'avait jamais réussi à décider s'il admirait son demi-frère pour le courage de son geste ou s'il le haïssait à cause de ses conséquences...

Tout à sa rancœur, Esfald avait attendu des années avant d'adresser la parole à son fils cadet qui, paradoxalement, en avait beaucoup souffert. Jusqu'à ce qu'un jour il juge qu'Uralyn était en âge de participer à la guerre. Il commença par lui confier quelques responsabilités, puis des missions simples — comme celle du temple d'Occus. À partir du moment où Uralyn n'eut plus à souffrir de la sorcellerie, ses sentiments pour son père devinrent mitigés: heureux d'avoir à nouveau la possibilité de rendre Esfald fier de lui et de se mériter sa confiance, le garçon ne cessa pas pour autant de le haïr, lui et ses artifices.

Szenia se trouvait enfin en symbiose avec les émotions contradictoires de son ami. Comme elle l'avait souhaité depuis leur première rencontre, elle le comprenait. Et cette nuit en particulier, elle partageait sa crainte de la magie. Elle n'essaya donc pas de le forcer à rester dans la tour, au milieu du déchaînement des crystales brutes, pour capturer Velten.

Les escaliers subissaient le même sort que les murs de l'atelier. La magie sauvage les déformait à un point tel que le garçon — pourtant familier des lieux — se demandait s'ils menaient encore quelque part. Les marches ondulaient sous les pas d'Uralyn, la main courante tentait de se nouer autour de son poignet... Chaque fois qu'une invention de la sorcellerie le menaçait, Szenia s'efforçait de protéger son ami. Rassemblant des bribes de sa magie éparse, elle lui confectionna un bouclier invisible capable de repousser toutes les attaques magiques. Malgré cela, c'est presque en hurlant que le garçon sortit de l'endroit devenu maléfique. Une fois dans la cour intérieure cependant, il constata vite que ses ennuis n'étaient pas terminés: un guerrier blond armé d'une épée de feu se dressait sur son chemin, l'empêchant de fuir.

Dans le monde magique de la Crystale, Paktri-Raa venait de vaincre la bête monstrueuse. Une substance sirupeuse couvrait le sol et la carcasse de l'animal fantastique ressemblait à un ballon dégonflé. Le Magicien-Roi, quant à lui, reprenait son souffle après une lutte qui lui avait donné beaucoup plus de mal qu'il ne l'avait escompté. C'est à ce moment que Szenia apparut près de lui, silhouette translucide démunie de son épée bleue. Son mentor s'étonna de sa présence.

— J'ai déclenché quelque chose de terrible, avoua Szenia, articulant avec difficulté.

Laborieusement, elle entreprit de lui résumer les événements qui se déroulaient dans le château.

— Cela explique pourquoi les plantes carnivores et les minuscules guerriers ailés qui encerclaient cette tour ont disparu. Velten ne contrôle plus les crystales brutes... Il ne reste donc que moi pour les arrêter.

Paktri-Raa avait jadis admiré l'intelligence de Velten Emmsoï. À présent, son seul but était de débarrasser l'Afford d'un sorcier aussi dangereux afin que personne n'utilise plus les pierres brutes. Szenia ne put s'empêcher de frissonner quand elle vit le sourire mauvais qui se dessinait sur les lèvres du demi-dieu. Son épée magique levée, il se dirigea à grands pas vers la porte du laboratoire. La jeune fille ne pouvait douter que si le Magicien-Roi agissait de concert avec la magie sauvage pour anéantir le repaire de Velten, le résultat serait d'une efficacité dévastatrice.

11

Réactions en chaîne

Personne ne remarqua l'homme qui s'extirpait des débris de la tour. Il faisait pourtant peur à voir: l'explosion qui avait failli lui coûter la vie le laissait maintenant privé de l'usage d'un œil; du sang coulait de son visage jusque sur son torse. Son armure était disloquée et l'éboulement des pierres avait brisé l'un de ses bras. Néanmoins, celui qui lui restait s'agrippait fermement à un dernier baril de poudre colorée. La seule volonté qui habitait encore Elei appartenait à Szenia. Tapie dans l'esprit du rebelle, la jeune fille lui insufflait l'énergie suffisante pour mener sa tâche à bien malgré la douleur.

Il n'y avait pas long à marcher, d'une tour à l'autre. Elei se traîna jusqu'au pied de la deuxième et pénétra dans la pièce du rez-de-chaussée. Aveuglé par la douleur, le rebelle ne remarqua pas les meubles qui grimpaient le long des murs comme des araignées. Il s'écroula près de la cheminée et demeura immobile quelques instants. Szenia aurait aimé le presser; son influence sur l'homme avait cependant atteint ses limites. Enfin, Elei tendit le bras vers le feu pour saisir une bûche entre les braises du foyer. Il ne sentit presque pas la brûlure, mais le bout de bois échappa à sa prise et roula loin de lui. Les pensées du rebelle s'embrouillèrent et la jeune magicienne perdit contact avec lui.

Dans la cour intérieure du château d'Amitié, ni Bonnaïssion ni Uralyn ne remarquèrent le passage d'Elei. Ils se dévisageaient avec tant d'intensité que les murs autour d'eux auraient pu s'écrouler sans qu'ils n'y prennent garde. Le garçon avait bien sûr entendu parler du Fou Blond et le reconnaissait en cet homme planté devant lui. Il se souvenait de ce que Pandission racontait à son sujet.

Parmi les Moïs postés dans les Terres de Sable, l'homme s'était acquis une solide réputation de bravoure. Par deux fois il s'était introduit dans le campement ennemi grâce à la même ruse, soit en feignant d'être capturé lors d'une bataille mineure. Chaque fois, il s'était échappé après avoir incendié les chariots de ravitaillement et empoisonné les barriques d'eau potable. De tous les rebelles, le Fou Blond était certainement le plus dangereux. Et Uralyn n'entretenait guère d'espoir de le vaincre en combat singulier... Il se demandait seulement s'il serait brûlé vif par l'épée, décapité sur-le-champ ou s'il serait épargné et emprisonné en attendant son procès.

Bonnaïssion, quant à lui, connaissait l'identité de son vis-à-vis pour l'avoir vu aux côtés de Velten après la destruction de Laudon. Accompagnés de Pandission, ils avaient paradé en vainqueurs dans les rues désertes de la ville, s'assurant que personne n'y vivait plus. Les rebelles — moins nombreux que ceux rencontrés par Szenia, mais déjà bien installés dans leur cachette — les avaient observés sans agir. Le Fou Blond aurait alors aimé se précipiter sur eux et assouvir sa fureur, mais Ashteï l'en avait empêché par des paroles emplies de sagesse. Car selon le vieux, Pandission soupçonnait la présence des rebelles à Laudon et ne cherchait qu'à les provoquer tandis que lui-même détenait l'avantage de la confrontation. L'attaquer tout de suite aurait tenu du suicide...

Bonnaïssion ne se trouvait pas plus en mesure, cette nuit, de rivaliser avec les artifices du sorcier Velten que ce jour-là. Le guerrier pouvait cependant venger le mal fait à son pays en tuant d'abord le jeune noble qui s'était tenu à ses côtés. Son instinct lui soufflait que pour se trouver là, le garçon devait avoir une importance stratégique quelconque aux yeux de l'ennemi... Il engagea la bataille le premier et rata de peu le visage d'Uralyn.

Szenia avait redouté une telle rencontre. La magie qu'elle avait placée en chacun des adversaire s'opposait: les flammes de Bonnaïssion se butaient au bouclier invisible dont elle avait muni Uralyn pour l'aider à sortir de la tour. Elle ignorait laquelle de ces forces opposées flancherait la première. L'épée comme le bouclier avaient été forgés grâce à une magie diluée, incomplète. Aucun n'aurait dû tenir le coup si longtemps. Mais puisque tout ce qui se passait dans le château d'Amitié cette nuit-là subissait l'influence des crystale brutes, il fallait s'attendre au plus improbable. N'était-ce pas déjà assez bizarre de voir un garçon, armé d'un simple poignard, se sentir suffisamment invulnérable pour affronter une épée de feu? Et étrange, aussi, de voir un épéiste émérite rater coup sur coup une cible presque immobile.

Rassemblant encore une fois ce qu'elle pouvait d'énergie magique, Szenia dessina dans l'air entre les deux combattants une image d'elle-même. Mains dressées, dans l'attitude de quelqu'un qui cherche à mettre fin à une bataille, elle implora du regard Uralyn et Bonnaïssion. Mais cette fois, sa magie fut incapable de les atteindre. Son cousin marcha littéralement à travers elle, sans la voir, pour porter un nouveau coup au chef des rebelles.

Le *statu quo* ne durerait pas. Chaque combat avait son vainqueur... Et peut-être Szenia aurait-elle pu faire pencher la balance. Mais en faveur de qui? Le fils de l'ennemi, cet ami qu'elle voulait voir en Uralyn mais qu'elle ne parvenait pas à atteindre? Ou bien cet homme qui se battait à ses côtés et qu'elle aimait, mais pour qui elle ne représentait qu'un symbole honni? Soudainement, le bien et le mal devenaient des concepts très relatifs.

Paktri-Raa venait de faire irruption dans le repaire de Velten. Bien caché dans un autre niveau d'énergie, il pouvait tout de même agir dans le monde réel. Une par une, il saisit les pierres brutes qui jonchaient le sol et les broya entre ses doigts. La tempête à l'intérieur de la tour se calma peu à peu. Quand le Magicien-Roi se fut débarrassé de toutes les crystales impures et qu'il essaya d'en faire autant avec la pierre bleue retenant Szenia prisonnière, la crystale informe se défendit. Seule contre le demi-dieu, la pierre n'avait aucune chance. Même en asservissant le Talent de la jeune magicienne. Paktri-Raa entra en contact avec toutes les crystales limpides de la pièce et jeta leur puissance réunie contre la magie sauvage. La crystale bleue s'émietta d'un coup avec un bruit qui ressemblait curieusement à un hennissement, et les éclats minuscules furent emportés par une soudaine bourrasque de vent. Velten reprit alors connaissance dans un hurlement, pour immédiatement s'écrouler raide mort, la main crispée sur sa poitrine.

Avec son trépas, le secret de la magie sauvage disparut de la connaissance des hommes.

Szenia, finalement libérée du monde bleu de la crystale impure, réintégra son corps. Le contact avec tous ceux par qui elle avait suivi les combats dans le château se rompit au même moment, trop vite pour que la jeune magicienne puisse stopper ce qu'elle avait entamé.

— Non! hurla-t-elle.

L'épée de Bonnaïssion redevint un simple bout de métal forgé; le bouclier magique d'Uralyn tomba, le laissant vulnérable à n'importe quelle attaque. Elei, au rez-de-chaussée, attrapa enfin le bout de bois enflammé qui lui avait échappé et mit le feu au baril de poudre. Les fondations de la tour où Velten avait établi son repaire cédèrent sous la force de l'explosion, et la bâtisse s'écroula sur l'un des remparts. Ce fut le signal de la fin des combats. Les guerriers Moïs survivants, subjugués par la détermination des Eghans, se rendirent jusqu'au dernier. L'armée de Szenia avait gagné son pari: elle avait repris le château d'Amitié avant le printemps, même si de la forteresse, il ne restait finalement pas grand-chose debout.

Épilogue

Après la bataille

Sauvés d'une mort certaine grâce à la magie de la Crystale, Szenia et Paktri-Raa s'extirpèrent tant bien que mal des décombres de la tour et se retrouvèrent en haut des remparts. Les premiers rayons de soleil auréolaient les collines, du côté du Levant, d'un bel éclat rosé qui atteindrait bientôt la façade du château. En attendant, c'était toujours la nuit à l'intérieur des murs et tout le monde se trouvait trop occupé pour célébrer déjà la victoire des Eghans sur leurs envahisseurs.

Un jeune messager recevait, près de la porte principale, les dernières instructions de son supérieur avant de courir informer le prince de Creuse-Vallée du succès de leur mission. Les autres guerriers, quant à eux, s'affairaient à désarmer les Moïs et à les rassembler dans un coin, sous le regard sévère d'un des généraux eghans. Des ordres se criaient à tue-tête, quelques insultes déclenchèrent des bagarres entre les vainqueurs et les vaincus, vite maîtrisées; l'ordre revenait tranquillement dans la cour du château d'Amitié. D'où ils se trouvaient, Szenia et Paktri-Raa jouissaient d'une vue imprenable sur toute cette activité et ne désiraient pas s'y mêler tout de suite.

— J'ai gagné ma première bataille, murmura la jeune fille, comme pour s'en convaincre.

Paktri-Raa hocha la tête et se garda bien de lui rappeler que son oncle, le sorcier Esfald, approchait avec une armée au moins aussi importante que celle postée dans le château. Il y avait parfois tellement de batailles à gagner avant de voir la fin d'une guerre... Le demi-dieu attira plutôt l'attention de Szenia sur la scène qui se déroulait au pied de la tour en ruine. Bonnaïssion gisait, inconscient, dans les bras d'Uralyn et plusieurs rebelles menaçants les entouraient.

— Ne m'approchez pas! ordonna le garçon, sans que la moindre trace de peur n'altère la fermeté de sa voix.

La conduite d'Uralyn était pour le moins étrange. Il tenait son poignard contre la gorge de Bonnaïssion, se servant de son corps comme d'un bouclier, et dévisageait courageusement ceux qui se dressaient devant lui. Il ne semblait toutefois pas avoir l'intention de tuer le chef des rebelles — ce qu'il aurait de toute façon pu faire longtemps avant qu'on ne les remarque: le guerrier avait perdu connaissance au moment même où la tour s'effondrait. Au contraire, le garçon avait tiré son ennemi à l'écart, pour lui éviter d'être écrasé par les débris de la tour qui rebondissaient autour d'eux.

— Lâche ton arme! cria l'un des rebelles, parmi les plus costauds.

— J'ai épargné la vie de votre chef, leur rappela Uralyn en serrant davantage contre lui le corps de Bonnaïssion. Je ne lui ferai aucun mal si on me laisse sortir du château indemne.

Szenia retint son souffle. La vie de Bonnaïssion en échange de celle d'Uralyn... Un marché équitable, qui aurait dû satisfaire tout le monde. La jeune fille doutait cependant que les rebelles pensent comme elle et un coup d'œil au demi-dieu, à ses côtés, le lui confirma. Paktri-Raa la regardait d'un air neutre, de cet air qu'il arborait quand il savait que la suite des événements déplairait à Szenia.

Les rebelles parurent se consulter du regard et celui qui avait déjà parlé accepta la proposition. L'expression d'Uralyn se détendit un peu et il allongea Bonnaïssion par terre avant de se relever. Il n'eut que le temps de faire un pas avant que trois guerriers ne se précipitent sur lui pour lui attacher les mains dans le dos. Comprenant qu'il venait de se faire berner, le garçon se démena comme un diable pour échapper aux rebelles mais ne réussit qu'à les faire rire.

— Tu ne croyais quand même pas que nous te laisserions partir, pour porter au roi noir la nouvelle de sa défaite? La ville de Laudon demande une vengeance!

— C'est déloyal! s'exclama Szenia. Ils l'ont trompé!

La jeune fille fit mine de vouloir dévaler en courant les débris de la tour jusque dans la cour intérieure, pour intervenir en faveur de son ami, mais Paktri-Raa la retint à ses côtés.

— Ils vont le pendre, protesta encore Szenia.

— Ils vont le mettre au cachot, la corrigea Paktri-Raa. Avec, certainement, l'intention de le pendre quand ils en auront le temps. Mais Esfald s'en vient. Les rebelles devront d'abord s'occuper de préparer le piège et, ensuite, de réparer tant bien que mal les trous dans les remparts.

— La pendaison sera retardée après la victoire sur Esfald...

Szenia s'interrompit, muette de surprise. Elle commençait à entrevoir ce que le Magicien-Roi voulait lui faire comprendre.

— Mais nous savons qu'on ne peut garder Uralyn au cachot bien longtemps, enchaîna Paktri-Raa avec un fin sourire. Les rebelles l'ignorent. Si personne ne les avertit, ils ne prendront aucune mesure particulière pour éviter que leur prisonnier ne disparaisse.

Szenia dévisagea le Magicien-Roi, bouche bée. Son mentor prenait le parti d'Uralyn, le fils d'Esfald! Mille interrogations se bousculaient dans sa tête sans qu'elle ne parvienne, dans sa stupéfaction, à articuler quoi que ce soit d'intelligible.

— Les voies du créateur sont impénétrables, conclut sentencieusement Paktri-Raa.

La jeune fille n'avait pas l'intention de se contenter d'une réponse toute faite. En fronçant de sourcils, elle exigea plus de détails.

— Disons que vous n'avez pas fini de vous croiser et que, plus tard, quand vous serez de vrais amis... Mais je ne t'en révélerai pas plus! Si j'étais toi, j'irais rassurer les guerriers Eghans sur mon sort plutôt que de m'inquiéter de l'avenir.

D'une bourrade, Paktri-Raa obligea Szenia à descendre vers la cour intérieure du château d'Amitié, l'empêchant de protester. Il y avait plus urgent à faire que de penser au sort d'Uralyn. Il fallait soigner Bonnaïssion et lui révéler quelle mort héroïque son ami Elei avait connue. Mais surtout, il devenait urgent de se préparer à combattre Esfald. La guerre n'était pas terminée. À l'issue de cette première bataille, Szenia avait toutefois le cœur plus léger; maintenant, elle savait que lorsque son oncle serait vaincu, elle connaîtrait des jours plus heureux. Des jours où son cousin deviendrait cet ami véritable qu'elle devinait en lui depuis le début. *Qui sait?* songeait Szenia en sautant d'une pierre à une autre. *Peut-être qu'avec un peu d'effort je parviendrai à inclure dans ces lendemains le chef des rebel-*

les au sourire charmeur. Alors seule l'absence de
ma meilleure amie Catherine me pèsera encore...

C'est avec un sourire radieux convenant parfaitement à la situation que la jeune fille rejoignit les guerriers de son armée et s'époumona avec eux en de grands cris de victoire. La guerre, ce n'était pas que les longues attentes devant des remparts gris et les horribles gémissements de la mort. C'était aussi ces moments où l'on se sentait plus vivant simplement parce que l'on avait réussi à survivre pour gagner. Debout au milieu de son armée, dans le château d'Amitié reconquis, Szenia se fit le serment que jamais plus elle ne craindrait d'affronter son oncle. Aussi longtemps qu'il y aurait des batailles à livrer avant de connaître la paix, elle combattrait dans la mêlée, avec l'épée ou la magie.

Table des matières

Collection
Jeunesse - pop

Imprimé au Canada

 **Imprimeries
Transcontinental inc.**
DIVISION MÉTROLITHO